나는
노래하는 시와로
산다

가지
KINDS BOOK

목
차

노래하는 시와

독립음악가, 이렇게 삽니다

남겨 둔 말은 언젠가 노래가 된다

노래하는 시와

나는 노래하는 사람입니다

노래하는 일이 내 직업이니까 '나는 노래하는 사람입니다'라고 써도 되겠다고 생각했다. 하지만 그다음 순간 직업이 무엇인지 잘 알아야 자신 있게 이 글을 이어나갈 수 있겠다는 생각이 들었다. 국립국어원의 표준국어대사전을 찾아보니 직업은 '생계를 유지하기 위하여 자신의 적성과 능력에 따라 일정한 기간 동안 계속하여 종사하는 일'이라고 한다. 여기서 '적성과 능력에 따라'라는 부분은 지우고 싶어진다. 적성과 능력이 아니어도 생계를 유지하기 위해 종사하는 일이 있을 수 있지 않나. 내 일이 '적성과 능력에 따라' 유지되어 왔는지 나는 확신하지 못하겠다.

사실 음악가의 일과 삶에 대한 책을 쓰기로 하고 한동안 글을 쓰지 못했다. 나를 음악 하는 사람 혹은 노래하는 사람이라고 정의해도 될지 자신이 없고 부끄러운 마음이 있었기 때문이다. 그렇지만 사전에 나온 직업의 뜻을 '생계를 유지하기 위해 일정한 기간 동안 계속해 종사하는 일'이라고 고쳐 생각한다면 스스로 '노래하는 사람'이라고 소개하는 것을 부끄러워하지 않아도 될 것 같다.

이제 조금은 어깨를 펴고 말해 봐야지. 나는 가수

다. 노래 부르는 것이 직업인 사람이다. 가수보다 큰 범주로 말하자면 음악가다. 흔히 말하는 뮤지션 대신 음악가라는 호칭을 좋아한다. 사전에서 이 호칭을 어떻게 풀이하고 있을까 찾아보니 '음악을 전문으로 하는 사람'이라고 한다. 나는 음악을 전문으로 하는가. 다시 '전문'이 무엇인지 찾아봐야겠다. 전문이란 '어떤 분야에 상당한 지식과 경험을 가지고 오직 그 분야만 연구하거나 맡는 것 또는 그 분야'라고 한다. 자신이 더 없어진다. 나는 상당한 지식과 경험이 있는가.

그동안 의심 없이 쓰던 단어를 글로 적으려니 다시 조심스러워지고 말았다. 단어의 뜻을 더 명확히 알려고 찾아볼 때마다 내가 그 단어의 범주에 들어가는 사람인지 미심쩍게 느껴진다. 글을 시작했으나 앞으로 나아가지 못했고 질문할수록 미궁에 빠졌다. 이 곤혹스러운 상황을 피하고 싶어서 쓰는 것을 미뤘다. 쓰는 대신 읽는 시간을 보냈다.

누군가의 칼럼, 인터뷰, 에세이 등을 읽고 또 읽고…… 더 읽을 것이 없을 때 소설을 폈다. 정세랑의 《시선으로부터》. 인상적인 부분은 옮겨 적으며 읽었다. 무엇이든 붙잡고 싶은 마음이었다. 그때 옮겨 적은

"지금으로선 몰라. 모르는 것을 아무리 붙들어 봐야 계속 모르지"라는 문장은 나를 다시 쓰기로 이끌었다. 쓰지 않고 읽는 동안의 나는, 자동으로 앞으로 가는 무빙워크 위에서 아무리 붙들어 봐야 계속 모르는 것을 붙들고 고개를 돌린 채 서 있는 사람 같았다.

모르는 것은 모르는 대로 그냥 두고 아는 것부터 쓰자는 생각이 그제야 들었다. 스스로 음악가로 부르는 데 부끄러움이 있건 없건, 세상은 나를 음악가로 본다. 나를 가수라고 생각한다. 나는 노래를 만들었고 그것으로 공연을 하고 음반을 만들어 세상에 내놓는다. 그런 일들이 생계의 방편이 된다. 지난 10여 년간 그렇게 음악을 해 왔다. 이것으로 충분하지, 음악가가 내 직업이라고 말할 수 있는 이유는.

오래전으로 돌아가 본다. 2006년 나는 교사였다. 그중에서도 특수교사. 2000년에 처음 발령받은 신규교사인 나는 영 서툴렀다. 실제와 무관하게 기억 속에서는 그런 모습이다. 지금의 내가 그때의 나를 본다면 아주 잘하고 있다고 말해 줄지도 모르지만 당시에는 스스로가 많이 부족해 보였다. 담임을 맡은 아이들 앞에서, 그들의 부모님 앞에서, 동료교사 앞에서 그리 당당하지 못했다. 새로운 것을 배워 당당하지 않은 마음을 메워 나가야겠다고 생각했다. 그때 발견한 것이 음악치료다. 특수교사를 위한 음악치료 연수가 열린다는 공고를 보았고, 그해에 시작한 연수에 이듬해에도, 그다음 해에도 참여했다. 거기서 배운 것들을 학교 수업에 적용했다. 그중에는 하고 싶은 말을 노래로 지어 부르는 것, 누군가의 이름을 넣어 노래 불러 주는 것도 있었다. 음악치료를 활용해 할 수 있는 수업은 더 다양하지만, 작곡을 하고 노래를 부르는 음악가의 길로 나를 이끌어 준 몇 가지만 적어 보자면 그렇다.

생각해 보면 신기한 것이, 노래를 지어 부르노라면 딱히 의도하지 않아도 내 속의 이야기가 그 안에 담긴다. 특수교사라는 직업을 더 잘 수행하기 위해 음악치료를 배우고 노래 짓는 법을 익혔지만 어느덧 수업을 위한 노래가 아닌 나를 위한 노래가 흘러나온 걸 보면 더욱 그렇다. 아이들이 하교하고 난 학교에서, 피아노 앞에 앉아 혼자 노래를 불렀다. 그때 만든 노래 중에는 지금까지 살아남은 곡도 있고 사라진 곡도 있다. 사라진 곡은, 만들 당시에는 마음이 가득 실린 듯해 좋아했지만 시간이 흐를수록 부족한 구석이 보여서 점차 부르지 않게 된 것이다. 그 무렵에 만들었지만 지금까지 살아남은 곡 중 하나가 2017년의 EP(Extended Play, 정규앨범보다 짧은 앨범. 단일곡인 싱글보다는 길다고 해서 붙여진 이름으로 미니앨범이라고도 부른다) 앨범에 실린 '길상사에서'이다. 2003년쯤 만들었으나 십수 년이 지난 뒤에야 발매했고 지금까지 살아 있다. 이 노래에는 음악가 시와의 처음이 서려 있다.

말하는 것보다
노래하는 것을 좋아합니다

노래에 관한 좀 더 먼 기억을 꺼내 볼까. 어릴 때부터 노래하는 걸 좋아했다. 내게 노래는 사람들 앞에 나서서 자랑하기 좋은 재능이었다. 노래 실력을 자랑하고 싶었던 걸까, 칭찬받는 게 좋아서였을까. 아마 둘 다였을 것이다. 노래 때문에 나를 찾는 사람이 있다는 것도 좋았다. 그 나이 무렵의 나는 존재의 이유를 나를 원하는 사람이 있다는 데서 찾았었던 것 같다.

고등학생 때는 야간 자율학습 시간에 도망 나와 학교 운동장 구석의 벤치에서 친구에게 나직이 노래를 불러 준 적이 있다. 괴로워하는 친구를 위로하려던 행동이었겠지. 무슨 노래를 불렀는지, 친구가 무엇 때문에 괴로워했는지는 이제 기억나지 않지만, 그때부터 나는 노래가 가진 쓸모를(노래의 효용을) 무척 믿었었나 보다. 음악가로서 지금의 생각과 비슷하다. 노래는 나의 말을 대신했다. 이런저런 말들로 어설프게 위로하는 것보다 노래로 마음을 쓰다듬는 게 좋다고 느낀다. 그때의 나도 지금의 나만큼이나 말하기를 조심스러워하며 지낸 것 같다.

말을 하자면 구구절절 다 털어 내느라 지칠 때가 있다. 상대방이 나를 이해하지 못할까 봐, 내 말에 동의해 주지 않을까 봐 조바심이 날 때도 있다. 그럴 바에야 아예 말을 하지 말자는 생각을 한다. 잘 정리해서 말할 수 없을 것 같으면 아예 말을 하지 않거나 하다가도 멈춘다. 말로 나를 표현하는 데는 자신이 없다.

세상에는 말을 많이 하거나 잘하는 사람이 많은 듯 보인다. 대화에서 주로 듣는 사람이 많을까, 주도적으로 말하는 사람이 많을까. 나는 보통 듣는 쪽이다. 그렇다고 모든 이야기를 듣기 좋아하는 것은 아니다. 듣고 있기 힘든 자리는 어느 정도 견디다가도 벗어난다. 그런 자리에는 되도록 가지 않으려고 한다. 그래서 혼자 있는 시간도 많다. 하지만 누군가 나를 필요로 할 때는 간다. 나에게 이야기하고 싶어 하는 사람이 있다면 간다. '네가 꼭 내 얘기를 들어 줬으면 해'라는 인상을 받으면 벗어나지 않고 그 자리에 머문다. '내가 힘들지 않을 만큼만 있어야지' 생각하지만 그 경계를 넘을 때도 많다.

가끔 역할이 바뀔 때도 있다. 한번은 자기 이야기만 계속하던 친구가 문득 생각난 듯 "그래, 혜미야. 넌 요새 어때? 어떻게 지내?"라고 물은 적이 있다. 마치 마이크가 나에게 주어진 듯 이야기의 흐름이 갑자기 나로 향하는 게 어색했다. 분장을 채 마치지 않았는데 급하게 커튼이 올라간 무대 위의 배우라도 된 듯이 당황한 채 말을 잇다가 이내 끝을 맺었다. 마이크는 다시 상대에게로 돌아갔다. 처음부터 안부를 물으며 만남의 시간을 열어 가는 친구도 있다. 그럴 때도 나는 짤막한 대답만 한 뒤 뭔가 뜨거운 것이라도 넘겨받은 듯 재빨리 마이크를 넘긴다. 대답은 대체로 비슷하다. "나야 잘 지내지. 별일 없었어."

내게 일어난 일, 내가 느끼거나 생각한 것은 말이 아닌 노래로 하는 게 마음 편하다. 말에 대한, 말로 빚어진 관계에 관한 작은 불신이 있다. 미주알고주알 꼼꼼히 다 말한다고 해서 내 마음과 생각을, 이 어지러움을 다 이해해 줄까. 그렇게 긴 시간 내 이야기를 들어줄 사람이 과연 있을까. 이 복잡함을, 애매모호함을 말로 다 표현할 수 있을까……. 이 정도면 말에 대한 불신이 깊은 것 같기도 하다. 결국 딱 떨어지는 말을 할 수 없어 그만 입을 다문다. 설명하려고 할수록 더 어려워진다. 그러한 이야기들이 언젠가는 노래로 나오리라 기대해 본다.

어떤 노래는 말보다 힘이 세다. 노래의 빈틈, 다시 말해 여백이 많으면 더 그렇게 느껴진다. 내 노래에도 여백이 많다. 때때로 나는 여백이야말로 이해의 통로가 될 수 있다고 생각한다. 여백을 여백으로 남겨 둘 수 있는 대화는 빈틈에도 나름의 이유가 있다고 믿는 태도에서 비롯된다. 침묵도 대화라는 마음에서 시작된다.

여기까지 쓰고 보니 말하고 노래 짓고 글 쓰는 일 모두가 정확히 이해하고 또 이해받고 싶다는 마음에서 시작된 것 같다. 내가 나를 더 잘 이해하고 싶다는 마음, 상대가 나를 정확히 이해해 주길 바라는 마음.

정확히 말할 줄 알아야만 정확한 이해를 얻을 수 있는 걸까. 노래로 만들어 내놓는 이야기라면 그와는 다른 방식으로 이해받고 싶다. 노래를 듣는 사람 중 누군가는 내가 생략한 부분을 그의 이야기로 채워 넣을 수 있다. 그렇게 노래는 듣는 사람에게로 가서 그 사람의 옷을 입는다. 듣는 이가 있을 때 노래는, 혼자 부를 때보다 더 많은 이야기의 결과 층을 갖는다. 여러 결과 층을 담을 수 있는 노래 안의 여백은 듣는 이가 자신을 이해하도록 도울지도 모른다. 나를 이해하고자 만든 노래가 누군가에게 닿아 다시 그 사람이 자신의 마음을 이해하도록 돕는다면 얼마나 좋을까. 그러한 이해도 교감이라 부르고 싶다. 노래가 멀리 멀리 가기를 바란다.

공연할 수 없지만 공연하고 싶군요

2020년 코로나가 확산하던 첫해에 공연이 확 줄었다. 마음이 불안했다. 다행히 공연이 완전히 사라진 것은 아니었고 온라인 공연의 출연자로 섭외가 들어오기도 했다. 어떻게든 공연하고 싶은 마음에 작은 제안에도 응했다. 이제 와 생각하면 전 세계에 닥친 느닷없는 상황으로 인한 불안한 마음을 가라앉히고 싶어서 무엇이든 해 보려고 한 것 같다.

책이 출간되는 지금은 다시 많은 공연이 열린다. 그런데 이 글을 쓰기 시작한 2021년에는 공연이 적었고, 그 시간을 견디는 동안 나는 차라리 공연을 안 해서 다행이라는 생각까지 하게 됐다(물론 지금은 생각이 달라졌지만). 그 생각에 놀랐고 이내 죄책감이 들었다. 시와는 공연을 좋아하는 음악가 아니었나. 공연을 안 해도 괜찮다고 생각한 이유가 뭘까. 안 하고도 먹고살 수 있어서 그런가. 2020년에 이어 한국예술인복지재단의 '예술인 파견지원 사업-예술로'에 참여하고 한국콘텐츠진흥원의 '대중음악 공연 분야 인력 지원사업'에도 추가로 참여하면서 6개월 동안이지만 고정 급여를 받아 그런 것 같기도 하다, 그 태평했던 마음은.

같은 시기, 어떤 제안을 수락할 때 돈이 필요하다

는 이유로 선택하지는 않아도 된다고 기준을 세워 보았다. 그러고는 스스로에게 (또) 놀랐다. 먹고사는 게 해결될 정도의 돈이 있다면, 가릴 것 없이 무엇이든 다 해야 한다는 마음이 들지 않았다. 그래서 공연을 하지 않아도 괜찮았던 걸까. 내가 공연을 좋아해서 공연한 줄 알았는데 알고 보면 공연 자체보다 공연이 주는 여러 이점이 좋았던 걸까. 여태 나는 공연을 밥벌이라고 생각해 왔나.

언젠가 동희 언니(음악가 조동희)에게 한 말이 생각났다. "언니, 우리가 움직여야 만 원 한 장이라도 벌잖아요." 공연은 될 수 있으면 많이 하자, 그게 평소의 내 생각이고 태도였던 것이다. 하고 싶은 일인데 돈까지 벌 수 있으니 많이 하지 않을 이유가 없었다.

다시 나를 향해 뾰족이 생각의 날을 세워 본다. 나에게 공연이란 무엇인가.

공연을 하면 돈을 번다, 내 노래를 좋아하는(나를 좋아하는) 사람들을 만난다, 공연을 하면 노래를 부를 수 있다, 무대에서, 사람들이 바라보는 곳에서 노래하며 괜찮은 사람이라는 기분을 느낄 수 있다…….

공연을 좋아한다는 것은 구체적으로 무엇을 좋아하는 것인가.

무대에서의 기분을 상상해 보면 알 수 있으려나. 무대 위의 나에게는 떨림과 긴장이 있고, 망치면 안 된다는 마음이 있다. 함께 연주하는 이들이 있다면, 특히 밴드 구성이라면 내가 실수해서 망치면 어쩌나 하는 걱정이 자꾸 엄습한다. 다시, 혼자 만드는 무대를 생각해 보자. 앞에서도 말했지만 내 노래에는 여백이 많다. 가사가 적은 편이고 한 음의 길이가 길다. 쉼표도 길다. 음과 음 사이의 간격은 긴장을 주기도 하고 쉼을 주기도 한다. 그래. 나는 그 긴장을 즐긴다. 숨을 깊이, 끝까지 들이마시고 잠깐 멈추는 순간 같은 긴장. 그리고 다시 목소리를 내면 천천히 숨을 내쉬며 그 속도에 따라 이완되는 몸.

그런 순간 내가 그 공간을, 시간을 장악한다고 느낀다. 그 '장악'이라는 행위를 좋아하는 것 같다. 내 모든 노래가 장악의 느낌을 주는 것은 아니고, 장악할 수 있게 하는 노래를 부를 때마다 그 기분을 느끼는 것도 아니다. 어떤 조건들이 모두 갖춰졌을 때 가능한 일이다. 그것을 충족하는 조건 중 가장 중요한 것은 내가 충분히 연습되어 있는가이다. 충분한 연습이란 그 노래를 공연에서 불러 본 횟수를 포함해 완성된다. 그렇게 충분히 연습된 노래로는 '화양연화' '완벽한 사랑' '낯선 이에게' 등이 떠오른다. '나무의 말'도 그런 노래라 할 수 있지만 익숙해진 지 그리 오래되지 않았다.

흘러온 생각을 짚어 보니 내게 공연이란 공간과 시간을 장악하는 경험이었다. 그것을 제대로 해냈다고 느끼면 기쁘고, 어설펐다 느끼면 실망스러운. 나에게 공연은 그런 것이다.

내가 사람들에게 노래로 무언가를 주겠다고, 이를테면 위로를 주고 싶다고 말하는 걸 그토록 꺼렸던 이유를 조금은 알 것 같다. 나는 정말 나를 위해 노래를 만들고 부르고 있었구나. 나머지는 덤이고 보너스였네. 음악가란 그래선 안 된다는 생각도 있어서 이제껏 드러내 놓고 말할 수 없었던 게 아닐까.

다시 돌아가, 공연을 아주 가끔만 하면서도 더 이상 공연을 갈구하지 않게 된 또 다른 이유는 공연을 잘 해내야 한다는 부담을 그제야 제대로 느꼈기 때문이기도 하다. 달리 생각하면 공연이 줄어서 오히려 공연에 대한 부담이 더 커진 거다. 공연이 자주 있어 익숙한 상황이 아니기에 이전 공연이 다음 공연을 더 나아지게 하는 자연스러운 상승 작용이 발생하지 않으니까. 공연의 일정한 리듬이 사라지고 공연마다 처음부터 다시 새로 시작하는 기분이니까. 이제야 직업인으로서 공연을 대하게 된 걸까. 철저히 잘 해내야 하는 것이 공연이라는 걸 마침내 알게 된 걸까.

좋아하는 음악가들이 어떻게 활동하고 있는지 생각해 보니 A의 어떤 글, 공연에 관한 B의 자세, C의 최근 행보가 떠오른다. 이들은 이미 자신이 장악해야 하는 공간과 시간의 무게를 알고 있었던 것 같다. 짐작건대, C는 음악 활동을 음반과 음악 작업으로 한정하고, B는 공연에 앞서 자신을 잘 단련하며 지내고, A는 이미 매 공연을 철저히 준비해 잘 해내는 것 같다. 이들에게서 본 책임감과 부담감을 나는 이제야 느낀다.

관객으로서 내가 그들로부터 받은 건 무엇이었는지도 생각해 본다. A의 공연장에서 나는 마냥 감탄했었는데, 그가 무대라는 세계를, 아니 그날의 공연이라는 하나의 독창적인 세계를 창조한 신처럼 느껴졌기 때문이다. 공연을 하는 사람이란 으레 그래야 하는 것은 아닐까.

이제야 깨닫는다. 노래를 만들고 부르는 나는, 내가 무슨 일을 하는 사람인지를 분명히 알아야 한다는 것을. 노래를 듣는 사람의 마음에 어떤 파동을 주게 되는지, 공연에 찾아와 나와 기꺼이 함께해 주는 이들의 마음이 어떤 것인지를. 그러니 그 앞에 있는 사람으로서 공연을 어떻게 대하면 좋을지를. 나는 어떤 사람인지, 어떻게 살아야 하는지를.

가사가 중심인 음악이라는 것에 당당하지 못했어요

종종 음악가 시와를 설명하는 글에 '가사 중심의 노래를 만들어 부르고 있다'는 표현이 들어가 있는 것을 본다. 그 표현이 마냥 좋게만 보이지 않았다. 노래는 가사만으로 이루어진 게 아니기에. 노래에는 음률이 있고, 목소리 외에도 다른 악기들로 구현해 낼 수많은 아름다움이 있기에.

그러나 나는 다른 많은 소리들로 음악을 완성하려 하기보다는 목소리로 들려주는 가사에 집중해 온 게 사실이다. 음악의 이른바 '사운드' 영역에는 관심이 잘 가지 않았고 아는 바도 적었다. 그러니 어쩔 수 없이 노래 가사에 비중을 크게 두는 것 같아서 때로는 당당하지 못했다. 누구도 나에게 그런 지적을 한 적은 없지만 가끔은 이런 생각도 했다. '내 노래가 평론가들의 관심 밖에 있는 것은 가사에 집중한 음악을 하기 때문일까? 이 노래가 더 많이 주목받지 못한 건 바로 그 때문일까?'

3집 〈머무름 없이 이어지다〉(2014)를 작업할 때는 사운드 면에서 나의 부족함을 메우고 싶었다. 앨범 전체의 사운드를 '클래식 음악의 분위기'로 표현하고 싶다고 생각하면서 프로듀서를 찾았다. 원하는 방향으로 편곡해 줄 사람도 찾았다. 그들과 함께 작업하는 훌륭한 연주가들도 만났다. 이전 앨범에도 등장했던 기타, 피아노, 일렉베이스, 드럼, 퍼커션은 물론 바이올린, 첼로, 비올라, 플루트, 콘트라베이스 그리고 하프(하프 독주에 노래를 불러 완성한 '겨울을 건너'를 들어 보시길 권합니다)까지 합세했다.

모든 곡을 좋은 공간과 장비를 갖춘 스튜디오에서 녹음했고, 믹스와 마스터링도 이름난 분들과 했다. 참여한 분들에게 충분한 사례를 하려 했다(하지만 부족했을 것이다). 이 말인 즉, 많은 제작비를 들였다는 것이다. 제작비가 많이 들었기에 음반의 성과가 더 좋아야 한다는 부담감이 있었다. 누가 지워 준 부담이 아니라 스스로 짊어진 부담이었다. 나는 내 음반의 제작자이기도 하니까.

그간 편곡을 잘하고 여러 사운드를 시도하는 사람들이 부러웠다. 음악적 실력을 재는 도구가 있다면 그 사람들이 나보다 월등한 점수를 받을 것 같았다. 그렇다, 나에게는 비교하는 마음이 있었다. '그 음악'이 뛰어나고 내 음악은 그렇지 않다는 생각. 나도 뛰어난 음악가의 대열에 들고 싶었다. 음악에 우열이 있다고 생각했고, 내 음악이 '우'가 아닌 '열'일 수도 있겠다고 여겼다. 내 음악에 자신이 없었고, 스스로에게 괜찮은 음악을 한다고 말해 주지 못했고, 그래서 사람들의 반응이 그렇게나 중요했다. 그랬었다. 내가 채우지 못한 걸 밖에서 채우고 싶어 했다. 그런 마음이었기에 내 노래에서 가사를 강조하는 행동을 부러 피해 왔던 게 아닐까. 가사는 단지 음악의 여러 요소 중 하나일 뿐이라고 낮춰 보면서. 그것을 강조하면 다른 요소는 그만큼 중요하게 여기지 않는 사람처럼 보일까 봐, 혹은 그런 생각을 한다는 걸 들킬까 봐 겁이 났던 것 같다.

노래를 만들고 부르면서 가사를 중요하게 다뤄 왔지만 정작 그것을 감추고 인정하지 않았던 것은 남을 부러워하는 마음과 음악에 우열이 있다는 생각, 그 모두를 숨기고 싶어서 나온 태도였다. 생각해 보면 어떤 음악이 내 음악보다 더 좋게 들릴 때 부러움을 느끼는 것은 자연스러운 일이다. 그 어떤 마음도 못나거나 모자라지 않다는 걸 나에게 말해 주고 싶다. 잊으면 또 말해 주겠다고 다짐하는 마음을 담아 이렇게 글로 남겨 본다.

악보가 필수는 아닙니다만

자주 있는 일은 아니지만, 가끔 내 음악을 좋아하는 사람들에게 DM이나 이메일을 받는다. 시와의 노래를 어떤 마음으로 들었는지, 어떤 도움을 받았는지, 시와를 얼마나 응원하는지 정성을 담아 이야기하는 그 편지를 나는 매번 감사한 마음으로 읽는다. 일 년에 한 번쯤은 자기가 특히 좋아하는 음악을 언급하며 그 곡의 악보를 공유해 줄 수 있냐는 내용도 있다.

악보가 필요한 분들이 나에게 메일을 보내기까지 그 과정을 상상해 본다. 평소 좋아하는 노래를 듣던 어느 날, 그 노래를 기타나 피아노로 직접 연주해 보고 싶었을 것 같다. 우선 포털사이트에서 가수+제목+악보 등의 검색어로 찾아보았을 것이다. 악보가 많이 올라오는 인터넷 카페나 악보를 판매하는 사이트에도 들어가 봤을 테고. 그런데 시와의 노래 악보는 어디에도 없다. '그럼 어떻게 해야 하지? 그래! 시와에게 직접 물어보자! 음악가라면 당연히 자신의 곡을 악보로 정리해 뒀겠지' 혹은 '작곡할 때 이미 악보를 그리면서 했을 테니 음악가에게 직접 요청하는 게 낫겠어'라고 판단해 나에게 메시지를 보냈으리라는 데까지 생각이 미친다.

한편, 그런 내용의 DM과 메일을 받은 나는 난감하다. 음악가는 악보를 그리는 게 당연하다 여기는 이들의 생각에 어울리지 않는 사람이기 때문이다. 나는 악보를 그리는 것이 어렵다. 모든 곡의 악보를 만들어 두지 않을 뿐만 아니라 작곡할 때도 악보를 그리면서 하지 않는다. 노트에 가사를 쓰고 멜로디를 만들어 그것에 어울리는 코드를 찾아 가사 위에 적어 두는 일은 곧잘 하지만, 오선지에 음표를 그리는 일은 영 내키지 않는다. 곡을 쓰면서 멜로디는 자연스레 몸에 배어 외우게 되고, 코드 역시 몇 번을 반복하다 보면 몸에 새겨지다시피 하기 때문일까. 노래를 만들면 그것이 통으로 내 안에 들어와 있어 따로 기록할 필요가 없다. 악보를 그리는 데 서툴기 때문에 이런 작곡 방식을 택했는지, 그저 곡을 쓸 때 악보를 그릴 필요를 느끼지 못한 건지 모르겠으나 나는 계속 이렇게 곡을 써 왔다.

악보가 없다고 해도 혼자 연주하고 노래하며 활동하는 데는 아무 문제가 없기에 불편함 없이 지낼 수 있었다. 음악을 따로 공부한 적 없고, 음악 기호 등 음악의 기초 지식은 초중고 음악 시간에 배운 것을 기억하는 정도이기에 모르면 모르는 대로 작곡 활동을 해

나가는 요령을 익히고 나만의 길을 닦아 왔다고도 할 수 있다.

불편함이 아예 없는 것은 아니다. 나와 함께 연주하는 다른 음악가들은, 특히 악기 연주를 주로 하는 음악가들은 악보로 기록하고 그 악보를 보면서 연주하는 경우가 더 많다. 그러다 보면 음악을 하면서 그들에게 기댈 때도 있다. 예를 들어 합주하기 전에 내가 미리 녹음해 둔 데모demo를 들려주면 음감이 좋은 이들은 바로 코드를 파악해 곡을 따라오고, 그 자리에서 자신을 위한 악보를 기록하기도 한다. 내가 악보 그리기를 어려워하고 그것에 익숙하지 않다는 것을 이해해 준 그들에게 받은 배려였다.

그러나 무작정 배려를 바랄 수만은 없어서 요즘은 음반을 녹음하거나 다른 연주자와 함께하는 공연을 꾸리고 싶을 때 코드만큼은 정리해 공유하려고 한다. 내가 제공하는 것은 기본적인 코드이기에 함께하는 연주자가 멜로디와 부딪치지 않는 선에서 코드를 변형하거나 무언가 추가하는 것을 적극적으로 장려하며 환영한다. 이 역시 그들에게 기대는 면이다(고마운 분들의 연주 덕분에 내 노래가 더 음악적인 무엇인가로 발전

한다고 생각한다). 그러나 다른 연주자가 등장하지 않는 음악이라면 대부분 간단한 악보도 존재하지 않는다.

작곡하면서 이름을 모르는 코드를 사용할 때도 있다. 기타를 짚으며 우연히 발견한 어떤 소리가 내가 표현하고 싶었던 딱 그 느낌을 전해 준다면, 뭔지 몰라도 그대로 사용한다. 역시 몸에 새기듯 통으로 외운다. 그 때문에 코드를 모르고도 연주하며 노래할 수 있다. 아니 그러면 다른 연주자들과는 어떻게 소통하냐고? 악기를 들고 만나서 손가락 짚는 자리를 하나하나 보여 준다. 그러니 요청하는 분들께는 죄송하지만, 준비된 악보를 전해 드리는 건 무리다.

악보 그리는 것은 어려워하면서도 나름의 기대를 하고 연락해 오는 분들을 실망시키기도 싫어서 유튜브에 기타 코드와 함께 연주하는 영상을 만들어 올리기 시작했다. '마시의 노래' '나무의 말' '완벽한 사랑' '새 이름을 갖고 싶어' '아무 일도 일어나지 않아'의 영상이 시와 유튜브 채널에 공개되어 있다. 일종의 튜토리얼 영상이다.

그런데 속으로는 이런 생각도 한다. '음악에는 악

보가 필수일까. 내 곡을 연주하고 싶어 하는 이들을 위해서라면 만들어야 하나. 그게 음악가로서 받는 사랑에 보답하는 일일까.' 악보 그리는 것을 배울 생각은 안 하고 간단히 그 기대를 거스르는 사람으로 살아가느냐는 비난의 소리가 내 안에서 들려오지만, 그와 동시에 악보를 공개하는 게 저작권과는 관계없는 일인지도 궁금하다. '악보 ○○' 등의 이름을 가진 악보 판매 사이트는 그 곡의 저작권자들에게 수익을 제대로 주고 있을까?

방향을 조금 돌려, 악보 제작을 위한 비용이 제공된다면 만들어 볼 수도 있겠다는 생각이 들었다. 내가 만들면 틀리기 일쑤일 테고, 채보(곡조를 듣고 그것을 악보로 만드는 일)와 기보(악보를 기록함)에 능숙한 분에게 비용을 드리고 악보 제작을 의뢰한다면 좋겠다. 생각이 여기에 다다르니 이런 아이디어가 떠오른다. 대중음악 지원사업에 '음악가의 팬-리스너를 위한 악보 만들기 프로젝트'로 지원해 보면 어떨까. 200만~300만 원 정도의 소액 지원이라면 해 볼 만하다(아직 이 이상의 큰 예산의 지원사업에 선정되어 본 적이 없어 더 큰 금액은 자신이 없다). 그 예산이 악보를 만들어 줄 분에게 드릴

비용으로 충분할지는 모르겠으나 시작은 해 볼 수 있겠지. 이 프로젝트는 음악을 연주하고 싶어 하는 인디 음악 생태계(지원사업을 소개하는 글을 읽고 알게 된 용어. 음악가, 음악을 둘러싼 일들의 관계자, 리스너 등을 모두 포함하는 것)의 구성원들에게 도움이 되는 일이라고, 심사위원들을 설득할 수 있을 것 같다.

이제 한 가지 의문이 남는다. 동료 음악가들에게 묻고 싶다. 당신도 악보를 요청받는 일이 있나요? 그럴 땐 어떻게 하나요? 더불어 악보를 요청하시는 분들도 알아주었으면 한다. 음악을 만들고 연주하지만 악보를 그릴 줄 모르는 음악가도 있습니다…….

다작을 해야 해

음악가로 활동해 오며 정규앨범 네 장, 미니앨범 두 장, 싱글 여덟 개를 발매했다. 시와무지개 등의 다른 컬래버레이션 프로젝트까지 생각하면 세 장의 앨범이 더 있다. 적지 않은 양의 노래를 만들고 다시 앨범으로 엮어 발표하는 일을 반복해 왔지만 능숙히 한다는 느낌은 없다. 오히려 매번 0에서 새로 시작하는 듯한 기분이 든다. 이전의 경험이 다음의 지름길을 담보하지 않는다는 사실에 놀라면서도 내 인생은 늘 그래왔다는 생각도 든다. 사람과의 관계도, 교사로서 직장생활도, 그리고 음악가로서의 삶도 매번 새롭고, 매번 어렵고, 매번 서툴렀다.

요즘은 노래를 만들려고 마음먹으면 '대체 가사를 어떻게 썼더라?' 하는 의문이 들 정도다. 영감을 기다리는 게 아니라 찾아나서기 시작하면서부터 나타난 현상이다. 영감이 찾아오면 자연스럽게 노래가 떠오를 텐데 굳이 그걸 찾아나서는 이유는 활동을 꾸준히 해야 잊히지 않을 거라는 불안감에서다. 영감은 제 스스로 자주 찾아오지 않는다.

간혹 좋아하는 음악가들의 활동 소식을 찾아보면 그들은 방송에 출연하거나 매거진과 인터뷰를 하거나 그 매체에 글을 쓰며 다양하게 활동하고 있다. 매년 앨범을 내면 그때마다 화제가 되는 이가 있고, 페스티벌을 비롯해 여러 기획 공연에 연이어 섭외되는 이도 있다. 부러운 마음이 솟구쳤다. 그들의 노력과 매력이 그 모든 활동과 섭외 요청을 불러오는 것일까. 그렇다면 내가 할 수 있는 일은 무엇일까.

그래서 다작을 다짐했다. 지난 음악 활동을 돌이켜보면 내가 먼저 움직이고 일을 벌여야 다른 일이 생겨났던 것 같다. 내가 조용하면 나를 찾는 사람도, 공연을 섭외하는 사람도 사라졌다. 널리 알려진 히트곡이나 유명세를 얻겠다는 기대 때문이 아니라, 다만 지금 정도의 음악적 삶을 유지하기 위해서라도 새 노래를 발표하는 활동이 이어져야 한다는 생각을 하게 됐다. 이것은 생존을 위한 행동이다. 신곡 발표와 공연을 꾸준히 해야 매일 수없이 나오는 싱글과 앨범들, 이미 존재하는 멋진 음악가들, 새로 나타나는 멋진 음악가들과 어울려 살아갈 수, 아니 더불어 살아남을 수 있을 것만 같았다.

그렇다면 얼마나, 어떻게 다작을 할 것인가. 매년 앨범 한 장을 만들 만한 왕성한 에너지는 내게 없다.

앨범 하나를 내기 위해 동반될 많은 일을 상상해 보니 그렇게 빡빡하게 살 용기가 나지 않아 싱글을 자주 발표하는 방법을 떠올렸다.

싱글은 얼마나 자주 내는 게 좋을까. 매달? 그것도 어렵겠다. '한 달이 얼마나 빨리 돌아오겠어. 벅차면 안 돼. 두세 달에 한 번이라면 가능할지도 몰라.' 구체적인 상상에 들어갔다. 한시라도 빨리 새 노래를 발표하겠다고 마음먹으면, 지금 가진 곡을 서둘러 녹음해 완성해 볼 수도 있겠다. 그렇게 신곡 하나 발매. 그럼 그다음은? 다음 곡을 녹음해 또 발매. 이 과정을 짧게 계속 반복해야 하나? 한숨이 나왔다. 내릴 수 없는 고속열차에 올라타는 기분이었다.

누군가 시간이 더 걸리더라도 제대로 준비해 놓고 시작하라고 조언해 주었다. 한 곡씩 매번 작업을 새롭게 하는 것보다 여러 곡을 한꺼번에 작업해 두고 하나씩 나누어 발매하는 게 더 효율적이지 않겠냐고 했다. 노래 한 곡을 발표하기 위해 드는 녹음, 믹싱, 마스터링, 커버 디자인, 발매 서류작업 등등의 과정을 생각해 봐도 그 편이 경제적일 것이다. 예를 들어 노래가 한 곡씩 완성될 때마다 녹음하기보다 하루 날을 잡아 여러 곡을 한꺼번에 녹음하는 편이 효율적이다. 함께 작업하는 이들의 일정을 조율해 날을 정하는 데도 에너지가 적잖이 쓰이니, 그 노동을 줄일 수 있다면 그것부터 이득이다.

이 같은 결심을 한 2018년 말은 슬슬 정규앨범을 낼 때가 되었다는 생각을 하던 중이기도 했다. 2014년에 3집을 발매한 후 다섯 곡의 싱글을 발표했으나 정규앨범을 낸 지는 꽤 오래된 터였다. 싱글 발매와 앨범 작업, 둘을 함께할 수도 있을까? 앨범 한 장을 작업해 두고 수록곡을 하나씩 나누어 싱글로 발매하자. 그래, 그렇게 음악가로서 꾸준한 활동을 만들어 가 보자.

2018년 늦가을에 시작한 4집 작업은 이듬해 8월에 완성됐고, 계획한 대로 2019년 10월부터 두 달 간격으로 싱글을 발매하기 시작했다. 앨범의 주제인 '나를 찾는 여행'에 맞춰 노래를 공개하는 방식도 1년여의 여행이 된 셈이다. 싱글 여섯 곡을 발매한 뒤 2020년 10월 그 여섯 곡에 네 곡을 추가한 열 곡의 트랙으로 구성된 4집 〈다녀왔습니다〉를 발매했다.

그사이 코로나가 찾아왔고 음악과 음악 공연을 둘러싼 분위기는 가라앉았지만 음악가 시와의 신곡 발매 활동은 침체되지 않았다. 2019년에 준비해 둔 노래들로 2020년을 건넜다. 새로운 노래를 발표한다는 활기를 안고 건너왔다. 다행이었다. 그리고 2021년 봄, 다시 음악 작업을 시작했다. 이번엔 다섯 곡이 담길 미니앨범이었다. 이 곡들도 차례차례 3개월에 한 곡씩 공개했고 2022년 봄 〈잠 못 이루는 당신에게〉라는 미니앨범으로 발표했다. 2021년에 준비한 곡으로 2022년까지 건너왔다. 그리고 이제 다시 다음 앨범 작업에 들어가야 한다. 아직 새로 쓴 곡이 많지 않지만 언제나 그렇듯 나를 믿는 수밖에 없다. '너는 또 해낼 것이다.'

곡을 만들고 녹음해 발표하는 일이 주는 활기가 있다. 그리고 나에게는 '무언가 하고 있다'는 상태가 무척 의미 있다. 내 삶은 내가 무언가를 하고 있느냐 아니냐에 따라 크게 영향받기에 내가 만들고 발표한 노래들을 얼마나 많은 사람이 들었는가 하는 사실보다 '그것을 했다' 혹은 '해냈다'가 가장 중요한 일인지도 모른다.

그래서 그랬다. 내가 지은 노래를 발표할 수 있는

결과물로 완성했고, 그것을 하나씩 보여 주며(들려주며) 수면 위로 계속 모습을 드러냈다. 가라앉지 않고 떠오르려고 하는 움직임은 활력이 되어 나를 살게 했다.

독립음악가, 이렇게 삽니다

이렇게 하루가 갑니다

요즘 근무일지를 쓰며 지낸다. 자진해서 근무일지를 쓸 정도로 체계적으로 생활하는 사람은 아니고, 팬데믹 시대의 대중음악계 종사자를 염려해 만들어진 '대중음악 공연 분야 인력 지원사업'에 고용되어 주 5일간 대략 하루 6시간씩 음악가로서 나의 노동을 환산해 근무일지로 적는다. 한국콘텐츠진흥원이 주관하는 이 사업은 일정 인원을 선정해 그들의 음악 활동에 대한 인건비를 지원한다. 특정 기업을 위해 일하는 게 아니라 각자의 음악 활동을 하는 것이 근무요, 그 활동을 증명할 수 있도록 일과를 정리한 것이 근무일지이다. 사업 지원 때 계획한 공연이 실제 열리기까지 진행사항을 쓰고, 사업이 마무리되면 최종보고서도 써야 한다. 의무적인 기록이지만 그 덕분에 내가 뭘 하며 살아가는지 돌아보게 됐다. 2021년 8월 3일의 근무일지를 열어 보면 이렇다.

~10:00	성수동 인쇄소로 출근
10:00~12:00	LP 커버 인쇄감리
12:00~13:00	○○동 작업실로 이동
13:00~14:00	8월 발매 싱글 서류 작업

14:00~16:00　　8월 발매 싱글 소개글 쓰기
16:00~16:30　　ISRC 코드 발급 및 퇴근

몇 달 전부터 2010년에 CD와 음원으로 발표한 1집 음반 〈소요逍遙〉를 LP로 낼 준비를 하고 있고, 8월 3일은 LP 커버의 인쇄를 감리하는 날이었다. 아침 일찍 집을 나서 한 시간 거리의 인쇄소를 찾아갔다. 지난 16년의 음악가 생활 중에 인쇄감리는 처음이었다. 2010년에 CD 표지를 인쇄할 때는 업체 담당자가 테스트 인쇄물을 가져다주었고 그렇게 점검하고 본인쇄에 들어갔다. 이후의 2집, 3집, 4집 작업도 큰 문제는 없으리라 생각하면서 믿고 맡기는 식으로 일해 왔다. 그렇다면 이번에는 왜 인쇄감리를 보게 됐느냐.

그동안 모든 음반은 내가 직접 제작했다. 시와는 음악가이기도 하지만 시와 음반의 제작자이기도 한 것이다. 그러나 〈소요〉 LP 음반은 제작사가 따로 있다 (LP를 내자고 섭외를 받아 제작을 결정했다는 의미이다). 모든 일의 최종 결정이 나에게 달려 있었던 지난 음반들과는 상황이 다르기에 LP 제작사의 방침에 따르면서도 내가 할 수 있는 최선을 다하기 위해 직접 인쇄감리를 보게 됐다.

11년 전 CD 표지의 민트색이 LP 커버로도 잘 구현됐는지 확인한 후 OO동 작업실, 그러니까 집으로 돌아와 이번에는 서류 작업을 시작했다. 8월 24일에 발매하는 디지털 싱글 〈waltz at night〉을 위한 일이다. 유통사가 요청한 서류 양식에 작사, 작곡, 편곡자 정보를 써넣고, ISRC라는 국제적으로 통용되는 음반의 고유번호를 받아서 적고, 앨범 소개글을 썼다. 음악가의 일과지만 음악과 직접 관계되는 일은 하나도 없어 보이는 날이다. 음반 제작부터 홍보까지 모두 스스로 해야 하는, 자신의 매니저이자 제작자를 겸하는 음악가의 일상은 이렇게 흘러간다.

음악가로 산다는 것은, 그중에서도 스스로 음반을 제작하는 음악가로 산다는 것은 음악적인 일 외에도 그 제작과 유통, 홍보에 관계된 모든 일을 함께해야 함을 뜻한다. '고생스럽고 버거워도 나 아니면 누가 해주나' '내가 나를 끌고 가야 해' 하며 한 해 한 해 지나왔지만 최근에는 모든 걸 다 잘, 완벽하게 해내려는 마음을 조금 내려놓았다. 이 일을 더 오래 하려면 할 수 있는 만큼, 하고 싶은 만큼만 하는 마음의 태도를 유지해야 하는 것 같다. 그러기가 쉽지는 않겠지만.

음반과 음원 발매를 위한 음악가 겸 제작자의 일
(시와의 경우)

1. 유통사와 상의하여 정규앨범·싱글 발매 일자 정하기

2. 마스터 음원 완성
(작사, 작곡, 편곡, 연주자·녹음실·엔지니어 섭외 및 일정 조정, 마스터링 스튜디오 예약, 제작비 마련의 과정을 거쳐……)

3. 정규앨범·싱글의 커버 이미지 만들기
(디자이너 섭외 혹은 자체 디자인)

4. 프로필 사진 촬영
(프로필 콘셉트 구상, 사진가 섭외, 사례비 마련)

5. 뮤직비디오 제작 여부 결정
(영상으로 구현할 이미지가 있는가, 예산이 있는가)

6. 앨범 상세 정보에 들어갈 소개글 쓰기, 추천사 받기

7. 유통 메타데이터 작성 및 전달

8. 스포티파이Spotify(세계 최대의 음원 스트리밍 사이트) 피칭

pitching(자신의 음원이 선별 리스트에 포함될 수 있도록 소개 자료를 준비해 업로드) 준비

9. SNS 게시물 준비 (1): 홍보 이미지, 짧은 영상 만들기

10. SNS 게시물 준비 (2): 참여한 이들의 크레딧 정리

11. SNS 게시물 준비 (3): 곡 소개글 쓰기

12. SNS 게시물 준비 (4): 가사 이미지 만들기

13. SNS 게시물 준비 (5): 발매 당일에 올릴 게시물 준비

14. SNS 게시물 업로드 시작(준비한 것들 순차적으로 공개)

15. 멜론·벅스·유튜브에 발매 예고

16. 방송 심의 신청하기(혹은 심의 대행 신청)

17. 밴드캠프Bandcamp(소규모 음악가들이 음악을 판매 및 거래할 수 있는 사이트)에 음원과 정보 올리기(고음질 음원 판매)

18. 발매 당일 (1): 모든 음원사이트 발매 상황 점검

19. 발매 당일 (2): 피드백 확인

20. 한국음악저작권협회, 한국음악실연자연합회, 한국연예제작자협회 등록

21. SNS 광고 설정 및 개시

22. 팬, 음악 필자 등에게 발매 소식 메일 보내기

23. 발매 이벤트 구상 및 실행

24. 유튜브에 발매 곡 관련 시리즈 영상 게시

25. 발매 기념 공연(공연을 위한 연주자 섭외·일정 조율, 합주실 예약, 공연장 대관, 예매 방식 결정 및 예매 진행, 합주, 공연 대본 쓰기, 큐시트 만들기, 정산 등) 혹은 온라인 라이브

26. 당장 떠오르지 않아 다 쓰지 못한 일들……

녹음의 법칙

종종 다른 음악가와 함께 일할 기회가 있다. 이번에는 브로콜리너마저와 공연에서 함께 불렀던 곡을 음원으로 발매하기로 했다. 브로콜리너마저의 '좋은 사람이 아니에요'를 시와 보컬 버전으로 녹음해 발표하는 것이다. 내 목소리와 분위기에 맞춰 원곡과는 다른 템포로 편곡한 곡을 노래한다.

오후에 있을 보컬 녹음을 위해 수면시간부터 조절했다. 요즘의 생활 패턴으로는 오후 5시는 돼야 편안하고 안정적인 소리가 나온다는 것을 파악해 두었다. 몸이 풀리고 목이 풀리는 시간이 그즈음인 것이다. 오전 10시에 눈뜨는 생활을 하고 있으니 잠에서 깬 뒤 예닐곱 시간은 지나야 좋은 컨디션으로 올라오는 셈이다. 오늘은 8시에 일어나면 좋겠다고 생각하면서 어제는 자정에 잠을 청했다. 계산에 따르면 평소보다 두 시간 일찍 일어났으니 녹음하기에 최고의 컨디션이 되는 때는 오후 2~3시쯤. 녹음 약속은 2시 반이다.

브로콜리너마저의 작업실에 조금 일찍 도착해서 멤버들과 한가로이 시간을 보냈다. 덕원 씨가 내려 주는 커피도 마시고 새로 생긴 가게에서 사 왔다는 케이크도 먹으며 그 어떤 긴장감도 없이 시간을 보냈다. 이

때 보컬 녹음을 앞두고 있다는 사실을 잊었던 게 분명하다. 커피를 마시다니……!

보통은 녹음이나 공연 전에는 커피를 마시지 않는다. 평소에는 커피가 목에 끼치는 영향을 전혀 모르는 채 지내지만, 공연 때는 그렇게 생생하게 느껴질 수가 없다. 목이 건조해지는 것 같기도 하고 뭔가 걸린 듯한 느낌도 든다. 처음 그런 기분을 느꼈을 때는 착각일 거라고 생각해 몇 번 더 공연 전에 커피를 마셨는데 예외가 없었다. 그래서 이젠 노래할 일을 앞두고는 커피가 아닌 차를 마신다. 자극적이지 않고 카페인이 없는 차를.

그런데 오늘은 녹음을 앞둔 입장이라는 자각 없이 커피를 마시다가 덕원 씨가 "자 그럼 반주를 들으면서 워밍업을 해 볼까요?" 할 때야 아차 싶었다. '앗! 하지만 별일 없을 거야. 뭐 무슨 일 있겠어? 이제 난 초짜도 아닌데.'

마이크 높이를 조절하고, 헤드폰을 쓰고, 그 속에서 들려오는 반주와 메트로놈 소리 그리고 내 목소리 사이의 적절한 밸런스를 찾아 소리의 크기를 조절한 후 녹음을 시작했다.

나는 좋은 사람이 아니에요.
아주 나쁜 사람은 아닐 뿐이죠.
하지만 나도 잘 모르겠네요.
당신이 그렇다면 그렇겠네요.

아아아아아. 목소리가 생각대로 나오지 않는다. 녹음을 위해 잠자는 시간과 일어나는 시간을 조절하고, 몸이 풀어져 깊은숨을 쉴 수 있도록 아침 요가도 하고, 밥도 잘 챙겨 먹고 왔는데. 그리고 조금 전까지 엄청 편안한 마음이었는데. 여기는 중압감이 느껴지는 녹음실도 아니고 서로 잘 아는 밴드의 작업실일 뿐인데. 대체 왜?!

커피……가 떠올랐지만 그 탓은 하지 않겠다. 이건 긴장감 탓이다. 내가 모르는 사이 긴장하게 된 거다. 곡을 한 번 불렀을 뿐인데 진땀이 났다. 난처했다. 내가 노래를 망치고 있는 듯했다. 오늘 녹음을 끝내지 못하는 건 아닐지 걱정되기 시작했다.

그런데 이런 기분이 낯설지 않다. 익숙하다. 이건 좌절감이다. 고백하자면 어떤 녹음이든 처음에는 항상 좌절감을 느낀다. 좌절은 주로 노래의 도입부를 부를 때 찾아오는데 이번에는 노래를 시작할 때의 목소리가 마음에 들지 않았다.

대개의 경우 녹음이 시작되고 처음부터 끝까지 한 번 부르고 나면 녹음 부스 밖의 레코딩 엔지니어가 말해 준다. "몇 번 더 불러 보시죠. 점점 더 좋아질 거예요." 엔지니어는 이런 상황을 얼마나 많이 겪었을까. 경험치로 단련된 그의 직관이 나에게 용기를 주고, 나는 그 사려 깊은 말이 고맙다. 동시에 지금 내가 어떤 상태인지 죄다 알고 하는 말이란 걸 알기에 싫기도 하다. 녹음실에서 레코딩 엔지니어에게 숨길 수 있는 것은 없다. 몰랐으면 하는 것, 혹은 모르는 체해 주었으면 하는 것을 그는 다 알고 있는 것 같다. 좋고도 싫은 내 마음을 추스르고 엔지니어에게 답한다. "그럴까요? 몇 번 더 해 볼게요."

몇 번 더 하면 목소리는 점점 더 나아진다. 다른 방법은 없다. 아니 모르겠다. 그저 계속 부르다 보면 나아진다(물론 나아지는 데는 정점이 있어서 그곳을 지나면 다시 하강하기 시작한다). 녹음이 영 안 풀릴 때는 녹음 부스에서 나와 바깥 공기를 쐬다 들어가고, 어느 날은 녹음을 끊고 식사를 하며 전환한다. 물론 계속 밀어붙이기보다 다른 날을 정해서 다시 녹음할 수도 있지만 모두가 약속한 날이니 가능하면 그날에 마치기 위해 더 노력해 본다.

2009년, 1집을 녹음할 때는 긴장으로 몸이 굳어 있다는 것을 나는 모르고 프로듀서는 알았다. 그가 "언니, 밖으로 나와서 잠시 쉬자"라고 할 때야 그래야겠다고 생각했다. 어떤 상황 속에 있는 사람에게는 보이지 않는 것이 지켜보는 사람의 눈에는 쉬이 보이기도 하는 법이다. 부담감에 긴장이 될 때는 잠시 멈추고 주의를 환기하게 게 가장 좋다는 것을 지금은 알지만 그때는 몰랐다. 긴장감은 내가 긴장했다는 걸 인정하는 순간에 사라지기도 한다. 긴장하면 안 된다는 마음이 긴장을 더 일으키는 것이다.

가장 최근에 한 또 다른 녹음 때는 스스로 상태를 살펴 긴장되고 부끄러운 마음과 눈을 맞춘 뒤 노래를 다시 불렀다. 목소리가 별로여도 계속 부르며 나아갔다. '지금 내가 할 수 있는 만큼만 녹음하면 돼.' 그렇게 믿으니 긴장이 달아났다.

그러나 오늘은 나도 모르게 다시 긴장했고 그랬다는 이유로 좌절했다. 브로콜리너마저 앞에서 이런 모습 보이기 싫었던 것도 이유 중 하나이리라. 녹음을 시작하자마자 좋은 목소리를 내고 단번에 녹음을 끝내고 싶었다. 그래서 그랬구나, 나여. 요가며 음식이며 평소보다 더 살뜰히 챙겨 가며 준비한 게 그래서였구나. 잘하고 싶었구나. 능숙한 모습을 보이고 싶었구나. 그래서 이렇게나 아쉬운 거구나.

브로콜리너마저는 나에게 어떤 부담도 주지 않았다. 오늘의 레코딩 엔지니어이자 프로듀서인 덕원 씨는 "좋습니다. 계속 불러볼까요"라는 말을 해 주었을 뿐. 덕분에 나는 다시 '부르다 보면 나아질 거야'의 자세로 돌아올 수 있었다. 그 나아지는 정도가 원하는 만큼은 아니더라도, 그것이 지금 내가 할 수 있는 최선임을 순하게 받아들이는 것 역시 최선이다.

노래를 부르고, 듣고, 다시 부르고, 필요한 부분을 고쳐 부르고. 녹음을 마무리했다. 두 시간 정도가 지났을까. 시작할 때는 망했다 싶었지만 마무리할 때는 아까 왜 그리 절망했나 싶게 결과물이 잘 나왔다. 재밌기도 하고 뿌듯하기도 하고. 미세한 컨디션에 따라 매번 이렇게 오르내림을 반복하는 게 음악가의 시간인가 보다.

때로는 내 노래를 녹음하는 게 아니라 다른 이의 보컬 녹음을 도우러(보컬 디렉팅) 녹음실에 가기도 한다. 그럴 때면 녹음 부스 안에서 노래하는 사람의 '지금 이 순간의 마음'이 어떤지를 먼저 살피려고 한다. 그를 편안하게 해 주고 싶다고 생각하며 내가 스스로에게 해야 했던 말, 부스 밖에서 누군가 나에게 해 주었던 그 말을 그에게 한다.

"못해도 된다, 오늘 다 끝내지 않아도 된다, 괜찮다, 지금 아주 좋다!"

다시 하고, 다시 하다 보면

오디오북을 녹음하게 됐다. 이런 녹음은 성우 혹은 저자가 주로 하는 일로 알고 있었는데 노래도 목소리로 하는 일이다 보니 기회가 나에게까지 왔다. 마침 좋아하는 분이 공동 저자로 참여한 책이라 기쁘게 제안을 수락했다. 책도 읽고 있었기에 잘됐다 싶었지만 오디오북 녹음을 하기로 한 이후로는 오히려 책장을 덮었다.

이런 생각 때문이었다. '녹음하며 소리 내어 읽을 테니, 그렇게 읽으면 더 잘 이해할 수 있을 테니 지금 미리 읽지 말자. 읽고 싶었으나 미뤄 두었던 다른 책부터 먼저 읽자!' 그때는 그게 더 일이 잘되게 하는 법이라고 생각했다. 문장을 처음 읽을 때의 생생한 감정을 그대로 담아낼 수 있을 테니까. 그러나 내가 단단히 잘못 짚었다는 것은 총 3일에 걸쳐 진행된 녹음의 첫날, 바로 알 수 있었다.

그래도 첫 녹음 분량은 이미 읽은 터라 다행이었다. 다만 읽은 지 이미 몇 달이나 되어 기억이 가물가물했기에 앞 문장을 낭독하는 동안 눈으로는 다음 문장을 훑으며 기억을 더듬거리기에 바빴다. 눈으로 길을 트고 입으로 따라갔다. 그것으로 충분했다면 좋았겠지만 그렇지 않았다. 눈으로 훑을 때는 몰랐지만 낭독하려니 발음하기 어려운 단어도 있고 글의 맥락을 해치지 않으면서 문장을 끊고 이을 지점을 알아채기도 쉽지 않아 책을 읽으며 숨을 자연스레 쉬기가 어려웠다. 문장의 흐름에 맞는 숨쉬기, 적절한 억양과 속도 등을 요령껏 해낸다 해도, 내용을 모두 이해하지 못한 채로 하는 낭독은 무미건조한 느낌이었다.

게다가 두어 시간 녹음하는 동안 점점 숨이 얕아져서 자주 들이쉬어야 하는 느낌을 받았다. '긴장해서'였다. 잘 읽고 싶은데 충분한 준비가 되어 있지 않고 그로 인한 긴장이 서서히 나를 옥죄어 온 것이다. 마치 산소통에 산소가 줄어들 듯 준비해 온 숨이 점차 바닥나는 것 같았다.

남은 녹음도 이러면 안 되는데 어떻게 하면 좋을까. 먼저, 긴장했다는 사실에 긴장하지 않아야 한다. '못할 수도 있다, 틀려도 괜찮다, 다시 하면 되지.' 엔지니어를 힘들게 하지 않겠다는 생각보다 전문가인 그를 믿고 의지해도 된다는 걸 상기하자. 그리고 앞으로는 녹음이 있으면 먼저 꼭 소리 내어 읽고 오자. 오늘의 가장 핵심적인 교훈은 그것이다.

오디오북 녹음 둘째 날. 이번엔 그날 치 녹음 분량을 소리 내어 읽어 보고 일찍 출발했다. 마침 책을 나누어 낭독하게 된 목인 씨(음악가 김목인)의 두 번째 녹음도 같은 날이라고 하니 좀 일찍 들르면 인사도 나눌 수 있고, 목인 씨가 녹음하는 것을 보면서 어제의 혼란을 잠재울 만한 팁을 발견할지도 모른다.

동료에게 인사하러 온 사람답게 시원한 커피 몇 잔을 사 들고 도착했다. 마침 쉬는 시간이라 첫 번째 녹음의 경험을 주고받았는데, 낭독이 느려 속도를 올려야 했던 나와 달리 목인 씨는 속도가 빨라 의식적으로 늦추어야 했단다. "평소 말하는 대로 읽다 보니까"라는 그의 말에 조금 놀랐다. 나는 그를 말이 느린 사람으로 기억하고 있었는데! 꽤 많이 만난 사이인데도 내게 저장된 그의 모습과 실제 그의 모습에 간극이 있다는 것에 놀랐다. 그러고 보니 방금 주고받은 말의 속도도 느리지 않았잖아.

첫날의 나는 오디오북 감독님의 조언으로 책 읽는 속도를 빠르게 하고 억양에 변화를 주면서도 마음속에는 약간의 못마땅함이 있었다. 듣는 이에게 좋은 낭독이 어떤 것인지를 아는 분이 알려 주는 팁이기에 충실히 따랐지만 내가 생각하는 이상적인 목소리에서 멀어지는 것 같았기 때문이다. 나는 나직한 목소리와 느린 말투를 좋아한다. 몸과 마음이 편안한 상태일 때만 나올 수 있는 목소리라고 생각해서이다. 무언가를 읽으며 녹음할 일이 있으면 평소의 가치관을 반영해 소리를 내곤 한다. 라디오에 출연했을 때도 다시 듣기로 내 목소리를 확인하다가 톤이 높거나 속도가 빠르면 아쉬워했다. 당시의 긴장감, 들뜸 같은 감정이 고스란히 드러나는 게 창피했던 것 같다. 언제고 낮고 느린 목소리를 추구하지만, 모순적으로 곧잘 잊거나 제어할 수 없는 상태가 되는 게 티가 나는 것 같았다.

이번 오디오북에서도 내가 좋아하는 가장 이상적 목소리를 구현하려 했으나 청취자 입장에서 이상적인 목소리는 따로 있다는 오디오북 감독님의 조언을 듣고 따랐다. 생각해 보니 그 조언이 맞았다. 느릿하고 나직해 평이한 낭독은 청취자의 집중력을 흐리기 쉬울 것이다. 청각 정보밖에 없는 상황에서 독자의 집중력을 높이려면 낭독자는 마치 이야기를 들려주듯 약간 빠른 호흡으로 명료하게 읽는 것이 맞겠다.

쉬는 시간이 끝나고 목인 씨의 녹음이 다시 시작

됐다. 내가 보기에는 매끄럽게 잘 읽고 있는데도 그는 "다시 할게요" 하며 녹음을 멈췄다가 다시 시작했다. 그 모습을 보니 안심이 됐다. '다시 할게요'는 으레 일어나는 일이구나. 어쩌면 나도 그렇게 못하는 사람은 아닐지도 모르겠다. 목인 씨의 마음은 어땠는지 모르지만 녹음실 밖에서 들은 '다시 할게요'는 더 나은 것을 남기기 위한 산뜻한 개선의 과정 같았다. 나도 비슷한 상황이었을 텐데, '다시 할게요'를 부끄러워 하지 않아도 되는데, 평가는 내가 내게 하고 있었네.

목인 씨가 녹음실에서 나오고 내 차례가 됐다. 시작은 좋았다. 지난번보다 잘 읽고 있어! 이제 '다시 할게요'를 말하는데도 두려움이 없었다. 그러다 세 번째 꼭지를 읽을 때쯤부터 숨이 짧아지는 것을 느꼈다. 불안한 마음이 기어 올라왔다. 사실 첫 꼭지를 읽을 때 워낙 순조로워서 오늘은 더 많이 녹음할 수 있을 줄 알았지만 속단이었나 보다. 쉬는 시간을 갖고 심호흡을 하고 스트레칭도 했지만 짧은 숨을 채워 주지는 못했다. 쉬었다가 다시 시작하면 처음에는 긴 호흡을 하다가도 기대보다 훨씬 빨리 숨이 짧아졌다. '성우와 녹음할 때도 컨디션이 안 좋은 날이 있다'며 나를 안심시키는 감독님의 말을 받아들이고 오늘은 이만하기로 했다. 그래도 네 꼭지를 읽었다. 잘 해냈는지 확신은 없다. 하지만 감독님의 '오케이'가 있으니 그를 믿고 나를 믿어야지. '잘했을 거야. 다음 녹음엔 헐렁한 옷을 입고 와야지. 숨을 크게 들이쉬려니 허리가 갑갑했어.'

녹음 셋째 날. 이번엔 지난 녹음 때 읽은 내용의 다음 네 꼭지를 녹음하면 된다. 미리 읽어 두기도 했고, 녹음하러 가는 지하철에서 주변 소음 속에 숨어 작게 소리 내어 읽어 보기도 했다. 가벼운 마음으로 시작했고, 하다 보니 쭉쭉 잘 읽혀서 어느덧 두 꼭지를 끝내고 내친김에 끝까지 가보기로 했다. 숨쉬기 어려운 부분이 사라졌다. 헐렁한 옷을 입고 왔기 때문일까. 세 번째 꼭지를 읽을 즈음부터 '오늘 뭔가 괜찮은데' 하는 생각이 들고 자신감이 붙었다. 그 느낌에 탄력을 받아 예정보다 두 배의 녹음을 마치고 다음 일정을 잡을 필요도 없이 녹음 부스에서 나왔다.

떨리는 마음으로 말하기

어느 방송국의 라디오 프로그램에 출연하기로 했다. 예정 시간에 맞춰 준비하고 출발하기 직전에 멀리 떼 놓았던 핸드폰을 챙겨 들었다. 라디오 PD에게 문자가 와 있었다. 예정보다 20분 정도 일찍 올 수 있느냐는 내용. "도착하시면 생방송 전에 편성 팀에서 라디오 캠페인 녹음을 요청드릴 것 같습니다." 문자를 이제 본 터라 20분은 무리고 10분 정도는 일찍 도착할 수 있겠다고 답하고 출발했다.

도착시간 변경이나 캠페인 녹음 모두 당일에 한 급작스러운 요청이니 꼭 수락할 필요는 없지만, 하기로 한 일과 관련된 요청이니 웬만하면 들어주고 싶은 마음에 서둘렀다. 버스를 타고 지하철을 타고 다시 버스를 타는 짧지 않은 여정. 지하철에서 내려 마을버스를 기다리려는데 도착 예정 시간이 13분 후란다. 차라리 걸어가는 게 나을 상황. 잰걸음으로 걸어 예상보다 일찍 도착했다. 지도 표시로는 미리 알 수 없는 언덕길을 오르느라 땀도 적잖이 났다. 언덕길인 줄 알았으면 마을버스를 기다렸을지도 모른다.

편성팀 PD를 만나 캠페인 녹음 원고를 받았다.

원고는 두 종류. '안녕하세요. 가수 시와입니다'로 시작하는 글. 원고 내용을 우선 읽어 보겠다고 말했다. 이름을 걸고 읽는 글이기에 내 생각과 맞아야 읽을 수 있다고도 했다. 자칫 내 기준으로 판단하지 못하고 상황에 휩쓸려 가게 될까 봐 부러 똑 부러지게 군 것이다. '나 그렇게 순순하지 않아!'

원고를 다 읽은 후 둘 중 하나를 골라 녹음을 시작했다. 핵심 내용이 잘 전달되도록 또박또박 발음하면 될 줄 알았지만 한 톤 높여서 다시 읽어 달라는 요청을 받았다. 내 목소리가 너무 차분했나 보다. 재요청을 받는 순간, 마치 내가 읽는 방식이 틀렸다고 하는 것처럼 들려 조금 화가 났다. 하지만 그럴 리가 있나. PD는 원하는 결과물을 위해 완성도를 높이려고 했을 뿐이다. 치민 화를 가라앉히며 마음을 되짚어 보았다. 이렇게 마음에 여유가 없는 데는 이유가 있을 텐데…….

예정 시간 두 시간 전에 일찍 와 줄 수 있냐는 문자를 받은 것, 그 요청을 어떻게든 맞춰 주고 싶어서 땀 흘리며 걸어온 것, 생방송 출연 외에 다른 역할이 하나 더 급작스레 주어진 것, 추가된 역할에 대한 출연

료 언급이 없었다는 것. 마음에 걸리는 게 주르륵 떠올랐다. '그러니까 불쑥 화가 났지. 그럴만하네.'

녹음을 잘 마치고(순전히 내 입장에서. 내가 각을 세우는 분위기라 PD가 더 요청하고 싶어도 못 했을 수 있다) 생방송까지 대기하는 시간이 좀 있었기에 PD에게 말을 꺼냈다. "캠페인 낭독에 대한 출연료가 따로 책정되어 있나요?" 이 녹음은 재능기부로 진행한다는 답변. "그렇다면 요청하실 때 미리 말씀해 주셨다면 좋았을 것 같습니다." 완곡하고도 분명하게 표현하고 싶다는 바람을 섞어 말하느라 문장이 조금 길어졌고, 말을 마치기까지 무척 떨렸다. 분명 얼굴이 붉어졌을 것이고, 내가 평정심으로 말하고 있지 않다는 걸 상대도 알았을 것이다. 화가 나서 목소리가 떨린 게 아니고 이런 내용을 말하는 마음이 편치 않아서 그런 건데, 전자로 오해할까 봐 걱정이었다.

PD는 웃는 표정으로 내 말을 받았다. 이야기해 주셔서 감사하다고, 앞으로는 더 주의 깊게 살피겠다고 말했다. 그의 웃음에 마음이 놓이면서도 한편으로는 그 웃음이 사회적 기술은 아닌지 의심하고, 한편으로는 그가 상처받으면 어쩌나 하는 생각에 걱정됐다. PD가 잠시 자리를 비운 사이, 맘속에 더 큰 파동이 일었다. '그런 말을 해서 미안하다고 할까? 저 사람도 조직의 일부라 위에서 시키는 대로 했을 텐데. 신입 PD면 막내라 여기저기서 치일 텐데 괜히 나까지 말을 얹었나? 이런 것쯤 너그럽게 받아들여 기꺼이 하는 사람도 있을 텐데 나는 왜 이렇지.' 이제 와 사과하는 건 그저 내 마음의 위안을 위한 행동인 것 같아서 감사인사를 하기로 했다(역시 내 마음의 위안을 위한 것인지도.).

"PD님, 아까 제 얘기 잘 들어 주셔서 감사해요. 저도 말하면서 떨렸는데 감사하다고 받아 주는 PD님 보면서 안심했어요."

"아우 아니에요. 앞으로 다른 뮤지션들에게도 같은 실례를 할 수 있었는데, 도움이 됐습니다."

대화를 나누고 나니 내 마음도 정말 안심이 됐다.

생방송 시작. 역시 그분은 막내 역할이었다. 메인 PD가 지시하는 대로 이리저리 돌아다니며 많은 일을 하는 게 보였다. 컴플레인 후 감사인사를 덧붙이길 잘했다 싶었다. 방송을 마치고 그분께 다가가 따로 인사했다. "제일 바쁘게 움직이시더라고요. 고생 많으셨습니다. 감사합니다."

무례함을 바로잡고 싶을 때, 거절해야 할 때, 마음이 무척 떨린다. 오늘 어느 섭외 메일에 거절 답장을 쓰면서도 그랬다. '이러이러하여 그 공연은 어렵겠습니다. 아쉬운 말씀 드려 죄송합니다. 시와 드림'까지만 써서 보낸 게 마음에 걸렸다. 군더더기 없이 써야지 하는 마음에 단순하게 보냈는데 '좋은 하루 보내세요' 같은 말을 덧붙일 걸 그랬나. 하지만 어쩔 수 없다, 이미 손 떠난 메일인 것을. 하나 더 보내는 게 이상하지. 그냥 잠시 속 끓이다 마는 거지.

아- 이런 일로 속 안 끓이고 살면 좋겠다. 살다 보면 나아지려나.

몸과 마음의 상태로 답하기

몸의 상태를 좋게 유지하려고 노력하는 편이다. 그러기 위해 되도록 무리하지 않고 몸을 잘 보살피려고 한다. 작업하느라 오래 앉아 있을 때면 중간에 일어나서 스트레칭이라도 하고 다시 앉는다. 약간만 으슬으슬하거나 목에 이물감이 느껴지면 손수건을 찾아 목에 감는다. 목을 따뜻하게 해 주는 편이 여러모로 좋다는 걸 경험으로 알고 있다. 몸에 한기가 들 때는 생강차나 쌍화차를 찾고, 그보다 더 진행돼 감기 초기 같다면 차처럼 타 먹는 감기약을 마시고 일찍 잠든다.

커피와 차 등은 대개 따뜻한 것을 마신다. 상온의 물을 마신다. 다만 차갑게 마셔야 할 술은 차갑게 마신다. 그 온도가 제일 맛있으니까. 차가운 술과 따뜻한 물을 번갈아 마시면서 목의 온도를 보완(?)할 때도 있다. 앞에서도 이야기했듯 공연 전에는 커피를 마시지 않는다. 커피를 좋아해서 자주 마시고 보통은 별 이상이 없지만, 공연 전에 마시면 목에 이물감이 느껴진다. 꼭 커피 때문이 아닐 수도 있지만, 작은 요인이라도 영향을 미칠 만하면 조심하기에 공연 전의 금기가 많아졌다.

공연 전에 밥을 잘 먹지 않은 적도 있지만 이제는

가능하면 잘 챙겨 먹는다. 배가 고프면 그 또한 불안의 요소가 될 것 같기에. 배가 든든하면 노래도 잘 나온다. 마음이 더 편안해진다. 하지만 음식을 가려 먹기는 한다. 언젠가 리허설을 마치고 공연을 같이하는 연주가들과 중국요리를 먹은 적이 있는데, 공연 도중에 자꾸만 뱃속의 음식이 존재감을 드러내서 곤란했다. 그 후로는 공연 전에 중국요리를 먹지 않는다.

먹는 것에 따라 마음이 편안해지거나 불편해지는 것을 보면 마음이 몸에 상당히 의존하는 게 분명하다. 그래서 이제는 뭔가 결정해야 할 때 배가 고프다면 선택하거나 결정하지 않고 덮어 둔다. 배를 든든하게, 아니 편안하게 만들어 두고 느긋한 마음으로 다시 그 일을 열어 본다. 몸과 마음이 편안할 때에 문자를 하거나 전화를 하고 메일을 쓰려고 노력한다.

어떤 때는 메일을 열어 보는 데도 용기가 필요해서 먼저 밥을 먹은 적이 있다. 누군가에게 무언가를 요청하는 메일을 보낸 후 답장을 받았을 때였다. '내가 보낸 그 메일이 너무 딱딱한 어투는 아니었을까. 부탁드린다고 쓸 걸 그랬나. 아니야, 잘했어, 그 정도는 자존심이야' 등의 말이 속에서 오갈 때면 잠시 나를 진단

한다. 배고픈 건 아닌지 피곤한 건 아닌지. '그래, 내가 그랬구나. 일단 먹자(혹은 잠깐 눕자). 몸에 숨이 드나드는 걸 잠시 지켜보자.'

느긋한 마음으로 시간을 보내다가도 무대에 오르기 직전이면 심장이 마구 뛴다. 심장 콩닥 증상에 시달리길 어언 16년. 멀쩡하다가 꼭 공연 시작 직전에 이런다며 원망하던 때가 있었고, 심장의 쿵쾅댐을 가라앉히려고 '네가 최고야'를 수없이 되뇌던 때가 있었다. 그 시기를 거쳐 이제는 '음, 심장이 뛰는구나' 인식한 뒤 오른 손가락을 가볍게 왼 손목에 올리고 눈을 감은 채 가만히 맥박을 잰다. 하나, 둘, 셋, 넷…… 숫자를 셈하는 박자에 맞춰 숨을 깊이 들이마시고 내쉰다. 그러면 자연스레 맥박이 늦춰지-지는 않고, 그대로다. 그냥 그렇게 노래하러 올라간다. 하하.

쓰다 보니 몸의 상태를 살피며 좋게 유지하는 일이 결국 마음을 살피는 일인 듯하다. 몸을 보살펴서라도 마음을 잘 살피고 싶은 걸까. 어떤 기분, 예를 들어 미묘하게 불쾌하거나 짜증이 난다면 분명 이유가 있다. 지금 내가 어떤 상태인가를 아는 게 가장 중요하다.

어제는 기타 녹음 디렉팅에 이어서 보컬 녹음까지 하고 자정이 넘어 집에 돌아왔다. 생각보다 잘 해내고 왔다고 생각하면서 하루 동안 밀린 카톡을 읽다가 친구의 부탁을 발견했다. 그 부탁은 내가 들어줄 수 없는 일 같았지만 쉽사리 거절하지 못하겠다는 생각도 같이 들었다. 내가 필요할 때마다 틈틈이 나서서 도와준 친구이기에 부탁을 거절하고 싶지 않았다. 그러나 이성적으로 판단하면 하고 싶은 일은 아니었다.

짧은 사이 생각이 엎치락뒤치락했다. 부탁을 거절해서 친구가 실망하고 나를 미워하는 모습까지 상상해 버렸다. 배은망덕한 사람이라 여겨지는 게 싫었다. 너무 싫은 나머지 부탁해 온 친구에게도 서운한 마음이 들었다. 앗, 뭔가 이상하다. 이런 생각을 하는 내가 별로인 사람으로 느껴졌다. 왜 친구에게 서운한 거지?

집에 들어오자마자 바닥에 드러누울 만큼 피곤했고, 눈이 쓰렸고, '생각보다 피곤하네. 그래도 이 정도는 자고 일어나면 괜찮을 거야' 생각하던 참에 친구의 카톡을 보았고, 그 부탁에 대해 생각하는 몇 분 사이에 육성으로 "짜증 나"라는 말까지 내뱉었다. 이것은 분명 신호다. 지금 여유가 없다는 신호. 지치고 많이 힘들다는 구조 요청.

핸드폰을 내려놓았다. 간단히 몸을 씻고 다시 자리에 누웠다. 가벼운 두통이 남아 있었지만 씻고 오는 사이 기분은 달라져 있었다. 나의 원함wanting과 다른 이의 요청needing 사이에서 마음이 팽팽하게 긴장했다는 걸 알았다. 그게 내 약한 부분이라는 생각이 들었다. 누군가 내게 기대하는 바가 있을 때, 그런데 하기 싫거나 할 수 없을 때 스트레스가 극에 달한다. 그 기대와 배반 사이에서 늘 고민한다. 이번에는 몸과 마음의 상태를 외면할 수 없었다.

"요즘 하고 있는 일이 많아서 그 부탁은 들어주기가 어렵겠어. 다른 방법으로 도울 수 있다면 좋겠다."

답장을 보낸 후 핸드폰을 내려놓고 그대로 잠들었다. 손바닥을 위로 보게 하고 누운 자세로, 마치 요가의 사바아사나처럼.

SNS, 끊으려고 해도 끊을 수 없는

다른 음악가들의 활동을 지켜보는 건 독이 될까 득이 될까? SNS는 다른 음악가의 활동을 지켜보게 만든다. 왜냐면 내가 팔로우하는 사람은 거의 음악가 아니면 친구 혹은 창작자들 그리고 좋아하는 배우니까. 잠시 일에서 벗어나 쉴 요량으로, 혹은 습관적으로 SNS 앱을 열 때가 많은데 그러다 보면 음악가들의 소식을 접할 수밖에 없다.

이들을 지켜보는 일은 자연스럽게 일어난다. 같이 공연했던 이의 활동이 궁금해서, 친분이 생겨서, 그 사람의 행보가 멋져 보여서, 어쩐지 응원하고 싶은 음악가여서…… 각기 다른 이유로 SNS를 팔로우한 뒤로는 짬짬이 앱을 열면 그만이다. 음반이나 음원을 내고, 공연을 하고, 뮤직비디오와 프로필 사진을 찍고, 누구를 만나며, 어떤 공연을 하는지 굳이 찾아보지 않아도 모두 보인다.

그리고 이런 생각을 한다. '와, 나도 저 페스티벌 나가고 싶다! 와, 나도 저런 공연하고 싶다. 와, 나도 저 방송 출연하고 싶은데! 와, 나도 저 작가와 협업해서 앨범 만들고 싶다. 음반 홍보를 이렇게 하는구나, 참고해야지. 팬들과의 이벤트도 하는구나, 나도 가능

할까? 해외에서도 음반을 내거나 공연을 하네! 어떻게 하는 거지? 나도 하고 싶다!!!'

간혹 어떤 음악가가 쓴 글을 보고 그의 괴로움도 알게 된다. 꼭 안아 주고 싶은 마음으로 하트를 누른다. 댓글로 발화하지는 않으나 분명히 존재하는 마음으로. 보이는 글로 쓰지 않으면 닿지 않는 것을 안다. 하지만 무슨 말을 해야 좋을지 모르는 순간이 많으니 그렇게라도 하는 것이다. 만날 수 있는 사이라면, 어떤 이야기라도 들을 수 있는 마음의 여유가 있다면 '만날까요?'라고 DM을 보낸다. SNS의 댓글보다는 만나서 이야기를 나누는 일이 훨씬 도움 될 거라는 생각으로.

동시에 그 반대의 생각도 한다. SNS에 게시물을 올리는 바로 그때 필요한 응원과 위로는 따로 있다는 것. 언젠가 내가 그랬듯 그도 지금 이 순간의 사랑과 응원 그리고 관심이 자신을 일으키리라 기대했을지도 모른다. 다음을 기약하기보다 당장 댓글로 무슨 이야기든 해 주는 게 좋을지도 모른다. 대개 그런 생각 사이를 헤매다 하트만 누르고 만다. 잘 알지도 못하면서 이야기를 보태는 건 정말 어렵다. 힘이 돼 주고 싶지만, 그래서 더 선불리 쓰기 어렵다는 마음도 표현하면 좋겠지만, 매번 그렇게 되지는 않더라.

인스타그램을 하다 보면 생각이 많아지고 결심도 잦아진다. 며칠 전, 보이는 라디오에 출연한 장면을 캡처해 올렸는데, 게시물 전에 인스타스토리부터 올렸다. 스토리로 먼저 소식을 알리고 며칠 뒤 라디오의 공식 영상이 노출된 다음에 게시물을 올리는 게 낫겠다고 판단했지만, 막상 스토리를 올리고 나니 인스턴트 게시물인 스토리가 증발하기 전에 게시물을 또 올려야겠다는 생각이 들었다. '게시물 올리는 시점도 중요한데 몇 시쯤 올리지? 퇴근 시간 바로 전인 5~6시? 사회적 거리두기 방침으로 가게 문이 닫히는 밤 10시쯤에 사람들이 쏟아져 나오니까 그즈음?' 머리를 굴리다 보니 시간은 흐르고 고민하는 내가 싫어져서 그냥 올렸다. 그때가 아마도 저녁 8시?

게시물을 올리기 전에는 이런 고민을 하느라 매이고 게시물을 올린 뒤에는 반응을 기다리느라 매인다. 다른 일을 하다가도 앱을 열어 보고 반응을 체크한다. '좋아요'가 더디게 올라갔다. '역시 8시는 애매한 시각이었군. 마음에 여유가 있었더라면 더 기다려서 10시나 12시에 올렸을 텐데. 아까 많이 초조했구나.' 그날의 교훈이었다. '초조하고 쫓기는 기분이 들면 일단 멈추자.' 좋은 판단도 못 하고 좋은 결과가 나오기 힘들다.

이틀이 지나 다시 갈등했다. 이번엔 또 다른 라디오 프로그램에 출연한다는 예고 게시물. '이걸 언제 올리지.' 결국 잠들기 전에야 동영상과 사진을 체크해서 업로드 버튼을 누른 후 핸드폰을 내려놓고 눈을 감았다. 그런데 그다음 날인 오늘 아침, 그 게시물이 업로드되지 않은 것을 발견했다! 맙소사. 어찌어찌하여 다시 업로드한 시각은 아침 9시 반. 이번에 얻은 교훈은 '올린 게시물은 다시 보자.'

오후 3시, 현재 스코어는 '좋아요' 82개다. 매우 안 좋다. 역시 어중간한 시각이구나. 오늘의 두 번째 교훈, '아침에는 게시물을 올리지 않는다.'

사실 교훈보다 더 깊이 새겨 생각해 볼 건 내가 인스타그램의 '좋아요'에 집착하는 마음이 있다는 것이다. 왜 그런고 하니 그것이 내 인기의, 음악가 시와의 인기 척도인 것 같아서 그렇다. '좋아요'가 많으면 내가 사랑받는 느낌이다. 사람들의 관심을 받는다는 것에 만족스럽다. 반면 '좋아요'가 적으면 관심에서 멀어진 것만 같다.

사실은 이 모든 것에서 초연해지고 싶다. 신경 안 쓰며 살고 싶다. 가장 바닥에 있는 마음은 그것이다. 하지만 당장 마음의 수면에는 이런 생각들이 부유한다. '아주 많은 관심을 받게 돼야 나는 관심에 관심 없어질 것 같아. 인스타그램의 '좋아요'가 내 노래를 더 많이 팔리게 해 줄지도 몰라.' 아니, 실은 그 반대일까……?! 어쨌거나 손가락은 인스타그램 앱을 향하고 있다.

지원사업 서류를 쓰며 깨달은 것

지원사업의 서류는 내 프로젝트가 공공의 자원을 왜 지원받아야 하는지 설득하는 글이다. 처음부터 이 사실을 알았던 것은 아니다. 2019년부터 시작한 지원서류 쓰는 일을 거듭하며 몇 해가 흘러 오늘에야 알았다. 그렇게 많은 서류를 썼지만 여러 곳에서 떨어진 이유가 여기에 있는 것 같다.

처음엔 어떻게 써야 그것을 심의하는 이들이 '이건 꼭 지원해야 해'라고 생각할지 궁리했다. 그들에게 매력적으로 보일 것만을 염두에 두었다. 지금은 내가 이 공공의 자원을, 금전적 지원을 받을 만한 계획을 하고 있는가를 살핀다. 사회적 자원이 내게로 올 때의 책임을 생각하는 것이다(생각의 틀을 이렇게 정리하면서 히어로 무비에 등장하는 '큰 힘에는 큰 책임이 따른다'라는 말이 떠올랐다).

재미있게도 내가 공공의 자원을 지원받아야 할 이유를 스스로 묻고 답하는 생각의 시간을 보내며, 본질에 가까워지는 기분을 느꼈다. 이 공연을 왜 해야 하는지, 3일이나 해야 하는 이유는 뭔지, 왜 그 음악가가 함께해야 하는지, 공연 콘셉트-기획 의도를 구현하기 위해 고안한 요소들은 무엇인지, 관객 관점에서도 매력을 느낄 수 있는지 등을 질문하며 생각을 펼치기 위해 마인드맵을 그려 보던 중이었다. 지원동기, 기획의도, 기대성과 등을 쓰기 위한 준비작업을 하며 '재단의 지원을 받아 열고자 하는 공연이 아니라면 묻지 않아도 될 질문이지 않을까?' 하고 생각한 바로 다음 순간, 공연이라는 것을 하려면 지원사업 여부와 관계없이 이런 것들에 관한 생각이 분명히 정리되어 있어야겠다는 깨달음이 왔다.

그동안 나는 이런 생각을 하지 않고 활동해 온 걸까. 그저 '내가 하고 싶으니까, 내가 좋아서 하는 거니까 그걸로 충분해. 내 노래를 마음에 들어 하고 이런 공연에 매력을 느끼는 사람은 오겠지, 듣겠지' 정도의 생각만 있었을까? 많은 공연을 기획하고 잘해 왔다고 생각하지만 훌륭하지는 않았다면, 이런 부분이 부족해서였을까? 그렇게까지 나쁘지는 않았기를 바라며 자문한다. 다른 이들도 이런 숙고를 하며 지원사업에 응했을지도 모른다. 아니 음반을 만들고 공연하면서도 이렇게 생각해 왔을지 모른다. 그렇구나. 이것이 기획의 기본이구나.

이만큼 달려오던 생각이 잠시 멈춘다. 그리고 다른 질문이 떠오른다. 사람들 앞에 무언가를(음악을) 내놓고 그것으로 다시 무언가를(사랑과 돈을) 받으려는 마음으로 하는 일이라면 개인적인 욕망만으로 해서는 안 되는 게 아닐까. 욕망만으로는 부족한, 정말 그럴까?

지원사업 서류에 들어갈 글을 쓰며 고민하고 정리한 것을 온전히 내 것으로 만들어야겠다고 생각했다. 사업에 선정이 되지 않아도, 지원 서류에 쓴 이 공연을 잘 해내겠다고 생각했다. 퍼포먼스를 잘하는 데에는 또 다른 노력이 필요하지만 기획자와 제작자로서, 연출자로서 공연을 알리고 사람을 불러 모으는 데 떳떳한 마음이 됐기에 하는 말이다. 나는 더 잘 해내고 싶어졌다.

노래 한번 해 보라는 말

노래하러 간 곳이 아닌데 노래하기를 요청받을 때가 있다. 요청에 응하고 싶을 때는 하겠지만 대체로 하고 싶지 않다. 그러나 노래하기까지 혹은 노래하지 않겠다고 말하기까지 꽤 복잡한 마음이 된다. 마음은 복잡한데 그것이 어떤 생각들로 이루어진 복잡함인지를 알기가 쉽지 않다. '나도 내 마음을 모르겠어'의 상태가 찾아온다.

이럴 땐 마음을 들여다보는 게 쉽지 않아 한쪽으로 치우고 생각하지 않으려고 한다. 그렇게 정해 둔 것도 아니고 그러려고 그런 것도 아니지만 대개 그렇게 된다. 치워 둔 마음이 제법 쌓인 어느 날, 마음을 털어놓을 수 있는 안전한 친구를 만나 미루고 미루던 이야기를 꺼냈다.

이야기를 시작하기가 쉽지는 않았다. 만나면 이야기해야지, 마음을 들여다볼 수 있게 도와달라고 해야지, 생각해 놓고도 막상 친구를 만나니 입이 열리지 않았다. 평소처럼 그의 이야기를 듣고 그날 그에게 필요한 일들을 함께하는 시간을 보냈다. 그러면서 속으로는 꼭 말을 꺼내야만 해결되는 건 아니라면서 스스로 합리화했다. 지금은 마음이 차분해졌으니 혼자 생각하고 소화하면 되겠다고 나를 설득하며 하루를 보냈다. 밤이 됐을 때 친구가 가만히 나를 보다가 말했다. "그러고 보면 시와는 참…… 잘 들어 줘. 듣는 시간이 훨씬 많겠어."

이 말엔 괄호가 있는 것 같았다. 괄호 속에서 '네 이야기를 하고 싶진 않아?'라고 묻는 것 같았다. 그의 말이 신호가 되어 입이 열렸다. "그렇지 뭐. 흐흐. 그런데 오늘은…… 하고 싶은 이야기가 있었어. 내 마음을 잘 모르겠어. 알 수 있게 도움 받고 싶어."

"뭔데, 뭔데?" 친구가 눈을 동그랗게 뜨고 조금 더 가까이 다가앉았다. 노래하러 간 곳이 아닌데 노래를 청하는 사람과의 일을 이야기했다. 나는 그 부탁이 싫었고, 그렇게는 노래하고 싶지 않았다. '이번엔 노래할 계획이 없다. 정식으로 공연하는 자리가 만들어지면 그때 하겠다'고 거절해도 재차 '여기 시와 노래 좋아하는 사람 엄청 많다. 노래하면 그 사람들이 정말 좋아할 것이다'라는 말을 들은 일. 그런 말을 들으니 나를 필요로 하는 이들을 소홀히 하면 안 되겠다는 생각이 튀어나와 '생각해 보겠다'는 말로 대화를 마무리한 일. 수락하는 확답은 하지 않았으니 자존심을 지킨 거라고 말하는 정신승리. 그러나 흘가분하지 않은 마음.

한 번 거절해도 다시 요청하는 것. 그 불도저 같은 태도는 내 마음을 살피는 듯 조심스레 말하고 있지만 사실 살피고 싶어 하지 않는 것처럼 보인다. '노래하는 게 뭐 어려운 일이라고 비싸게 구느냐' 비난하는 것도 같다. 물론 그는 그런 말을 한 적이 없다. 알고 보면 내가 나에게 하는 말이다.

그래, 실은 나 비싸게 굴고 싶다. 더 값어치 있는 사람이 되고 싶다. '기타 가져온 김에 노래해, 마이크 있으니까 노래해, 사람들이 너 좋아하니까 노래해' 그런 말은 듣고 싶지 않다. 하지만 나는 분명 노래하는 일이 즐겁고, 어렵지 않고, 노래를 부르고 나면 생기는 공간의 온기도 좋아한다. 이야기를 듣고 있던 친구가 물었다. 어디서 노래할 때 기분이 좋으냐고. "노래할 때는 다 좋아. 어디서든." 그래서 마음이 이렇게 복잡한 거다. 내가 그어 놓은 경계가 너무 좁은가, 좀 넓혀도 되지 않나, 너무 빡빡하게 생각하나, 사실은 큰일 아니지 않나. 그렇지만 재차 노래를 요청하는 그 말을 듣는 순간 거부감이 들었는데 내가 잘못됐나.

이야기를 듣고 또 물어봐 주는 친구가 있어 한발 더 나아가 예전의 기억을 꺼냈다. 좋아하는 사람들과의 모임, 나 말고도 음악가 친구들이 몇 명 더 어울려 놀고 있었다. 모인 장소에는 기타가 있었고, 그것을 알고 있는 한 분이 나에게 듣고 싶은 노래가 있다고 했다. '실례라는 건 알지만' 부탁한다고 했다. 거기 있는 여러 음악가 중에 나에게만 부탁을 했으니 약간 찜찜했지만 그래도 괜찮을 거라고 생각하며 태연하고 흔쾌하게 "그래요? 들려드릴게요"라고 했다.

그분을 위해 기꺼이 무엇이든 하고 싶은 마음도 있었기에 유쾌한 노래를 유쾌하게 불렀지만, 그날을 생각하면 후회가 열게 깔린다. 그분과 둘만 있었던 것도 아니고 다른 이들도 있었다. 가장 마음에 걸리는 것은 다른 음악가들이 나를 어떻게 봤을지다. 불러 달라고 한다고 아무 데서나 노래하다니 같은 음악가로서 민망하다고, 망신이라고 생각하진 않았을까. 자신의 음악을 깎아내리는 행동이라고 생각하지는 않았을까. 거기 있던 그 누구도 나에게 그 일에 관해 언급하지는 않았다. 그러나 생각은 나쁜 쪽으로 더 기운다. 노래 시작한 지 16년이나 됐어도 모르겠고 애매하다. 확실한 태도도 정하지 못하고 반대되는 생각을 함께 가진, 이런 내가 못마땅하고 부끄럽다.

몇 주 전의 마음을 이야기하다 몇 년 전의 마음까지 건너갔다가 돌아왔다. 잠시 침묵하고 숨을 고르다 보니 분명하게 보이는 것이 있다. 나는 그 부탁이 싫었다는 것. 이후에 어떤 선택을 하든 중요한 건 '그 순간에 느낀 싫음'을 존중해야 한다는 것. 주목해야 할 것은 그때의 감정이라는 것.

'나는 그런 부탁이 싫다'고 다른 누구도 아닌 나 자신에게 말하고 나니 다음 행동이 가벼워졌다. 참 신기하지. 제 마음을 알고 하는 행동의 힘이란 이런 것일까. '감정은 언제나 옳다'는 말을 알게 된 지는 오래됐지만 이제야 체화하고 있다. 앎이 내 것이 되기까지는 생각보다 긴 시간이 필요하다.

노래 아닌 다른 일을 하러 간 곳에서 노래를 부탁받고, 노래했다. 홀가분한 마음으로.

남겨 둔 말은

언젠가 노래가 된다

음악이 듣고 싶을 때

음악을 많이 듣지 않는다. 일부러 안 들으려고 하는 건 아닌데 이상하게 그렇게 됐다. 하지만 간혹 음악이 듣고 싶을 때도 있다. '이런 때엔 역시 음악이 필요해' 하고 딱 정리한 생각이 있는 건 아니어서 어떤 때 내가 음악을 찾는지 되짚어 보려고 한다. 반면, 음악을 듣고 싶지 않을 때는 명확하다. 조용한 곳, 즉 차 소리, 기계 소리 등의 도시 소음이 없는 곳에 있을 때.

오늘은 은행에 가야 해서 가장 가까운 지점을 찾아보니 30분쯤 걸으면 도착할 거리에 있었다. 밖으로 나서며 귀에 이어폰을 꽂았다. 걷는 동안 팟캐스트를 들을 예정이었다. 골목을 벗어나 도로로 나서는 길목에서 '아니다, 산을 통과해서 은행으로 가볼까' 싶었다. 방향을 틀어 비탈길을 올라 동네의 작은 산에 들어섰다. 그러자 입구부터 놀라운 풍경이 펼쳐졌다. 초록색 잎들이 가득했다. '봄이구나.' 팟캐스트의 좋아하는 진행자 목소리 사이로 새소리가 들려왔다. 이어폰을 뺐다. 이런 장소에서는 이곳의 소리를 들어야지. 팟캐스트나 음악은 나중에 들어도 돼.

숲을 걷거나, 도시가 아닌 곳에서 걷거나 머물 때는 음악을 듣지 않는다. 그곳의 정적과 그곳에서만 들을 수 있는 소리를 곁에 두고 싶으니까. 어느 여름 원주의 산촌 마을 주변을 걸을 때는 '이런 곳에 살았다면 아마도 나는 노래를 만들지 않았을 거야'라고 생각했다. 음악이 필요 없는 곳도 있는 것이다.

그래서인가. 내가 음악을 찾는 순간을 생각해 보면 소음 속에 있을 때다. 지하철 안에서, 그리고 차가 많고 경적이 울리는 도로변에서 음악을 들었던 기억이 떠오른다(라디오를 켜 둔 버스 안에서는 다른 음악을 잘 듣지 않는다. 기사님이 고른 라디오 주파수에 귀 기울여 거기서 흘러나오는 음악을 듣고 디제이의 이야기도 듣고 청취자 사연도 들으며 가는 게 더 재미있으니까). 예전에 학교에서 근무할 때는 교무실 책상에 앉아 헤드폰으로 음악을 들으며 업무할 때가 제일 편안했던 기억이 있다. 사람들과 함께 있지만 홀로인 상태처럼 느껴져서 편안했다. 마치 둥그렇고 투명한 보호막 안에 있는 것만 같았다.

대치동에 있는 어느 녹음실에 가던 날, 지하철에서 내려 그곳까지 도보로 가려면 큰 아파트 단지를 지나 넓은 도로를 따라 걸어야 한다. 이른 퇴근길이 시작된 무렵이었던가. 아파트 진입로와 넓은 도로에 차가 아주 많았다. 사람도 많았다. 지하철에서부터 끼고 있던 이어폰을 빼지 않고 노래를 이어 들었다. 몇 곡을 거쳐 그즈음 발매한 내 노래 '숨'이 흘러나올 때 깨달았다. '나는 내가 듣고 싶은 음악을 만들고 있었구나.' 너무 당연한 사실을 늦게 알아차린 걸까. 꽉 찬 소리들 사이에, 사이를 만드는 노래. 숨 쉴 틈을 주는 노래. 귀를 쉬게 하는 노래. 자신이 듣고 싶은 음악을 만드는 음악가라서, 그 사실을 알아차려서 기뻤다.

음악을 찾는 또 다른 순간은 '음악 좀 들어야 하지 않나. 이렇게 안 들어도 되나' 하는 생각이 들 때다. 나에게 음악적 자산이 부족하다고 느낄 때가 아닐까 싶다. 사실 내 스마트폰 메모장에는 어디선가 들었던 좋은 음악, 누군가가 추천해 준 음악 제목이 많이 적혀 있다. 누군가 블루투스 스피커에 자신의 스마트폰을 연결해 틀어 준 음악이 좋으면 그 사람의 핸드폰 화면을 찍어 둔다. 언젠가 그 곡을 들어야지 생각하면서. 그 '언젠가'는 음악 좀 들어야겠다는 결심이 설 때다. 그러니까 조금은 공부하는 마음으로 듣는다. 마음이 그렇다고 해서 음악을 분석하거나 필기를 하는 것은 아니다. 듣는 것만으로도 나에게 뭔가 흡수되기를 바라는 심산으로, 편안히 듣는다.

가끔은 진짜로 공부 삼아 음악을 집중해서 들을 때도 있다. 이를테면 새 노래의 편곡 아이디어가 잘 떠오르지 않을 때. 내 유튜브 계정에는 '편곡'이라는 제목의 비공개 재생목록이 있다. 여러 경로로 만나게 된 음악 중 편곡이 좋았던 곡이 있으면 그 목록에 저장해 둔다. 그 재생목록을 들을 때면 악기가 추가되는 지점이나 나오던 악기가 사라지는 지점에 주의를 기울인다. 여러 소리가 하나의 음악으로 조화롭게 어울리는 순간을 살피고, 드럼 등의 악기 리듬을 좇으며 듣기도 한다. 필요에 따라서는 곡의 구조도 확인해 본다. 며칠 전에는 최근 케이팝 곡 구조의 경향을 분석한 유튜브 영상도 봤다. 음악 안에 존재하는 패턴을 발견해 재미있게 풀어낸 내용이었고 흥미로웠다. 아주 조금이지만 나도 모르게 사용하는 패턴이 거기에도 있었다.

'공부하는 마음으로 듣는 음악'이란 몇 년 전 동료 음악가에게 들은 후에 내게도 생긴 개념이다. 친구는 많은 사람이 좋아하는 음악, 이를테면 인기차트 상위에 올라 있는 음악들은 듣기 힘들어도 꼭 참고 듣는다고 했다. 많은 이가 좋아하는 데는 충분한 이유가 있을테니 '공부하는 마음'으로, 중간에 멈추고 싶어도 끝까지 듣는 것이다. 음악 듣기가 그렇게 공부해야 하는 것인 줄, 공부하는 마음으로 음악을 들을 수도 있다는 것을 몰랐던 나는 적잖이 놀랐고 그 표현을 기억하게 됐다. 그리고 나도 가끔 꼭 참고 음악을 듣는다.

남겨 둔 말, 되삼킨 말,
노래가 되는 말

책을 읽거나 드라마나 영화를 보다가 와닿는 문장과 대사가 나오면 받아 적어 둔다. 언젠가 노래가 되겠지 싶어서. 혹은 노래가 되지 않더라도 당장 받아 적고 싶을 정도로 맘을 찌르는 데가 있는 말들이다. 이를테면 이런 문장. "It's OK, honey. You can talk to me. Whatever it is I don't judge." 괜찮다고, 털어놓아도 된다고, 그게 무엇이든 판단하지 않겠다고. 모아 둔 문장들을 쓱 다시 읽어 보니 짚이는 게 있다.

내 안에는 안전한 곳에 머물고 싶은 마음이 있다. 안전한 기분을 느끼고 싶어 한다. 안전하다는 것은 내가 무엇이든 해도 괜찮고, 아무것도 안 해도 괜찮은 것이다. 감정을, 마음을 말할 수 있는 사람들과 함께 있을 때 안전한 기분을 느낀다.

가령 글쓰기가 너무 어렵다고 할 때 '그래도 해야지 어쩌겠니' 대신 '어떻게 어렵게 느껴지냐' '무엇이 어렵냐'고 구체적으로 답할 수 있게 물어봐 주는 사람과 있을 때, '이런 일로 기죽지 마' '걱정하지 마' '잘될 거야' 대신 '기죽어도 괜찮다' '그럴 만한 일이다'라고 말해 주는 사람과 있을 때, 극단적인 예로 내가 '누굴 죽이고 싶다'고 말해도 '그런 마음 가질 만하다'고

토닥여 줄 수 있는 사람 앞에서 안전함을 느낀다(영화 〈고양이를 부탁해〉에서 태희가 지영에게 한 말 "난 네가 도끼로 사람을 찍어 죽였다고 해도 네 편이야. 다 이유가 있어서 그런 거라고 생각해"를 들은 이후로 줄곧 생각해 온 것이다).

글을 읽는 분들 중 누군가는 그래도 사람을 죽이고 싶어 하는 마음까지 어떻게 긍정할 수 있느냐고 묻고 싶을지도 모르겠다. 이해를 돕기 위해 또 다른 예를 들어 설명하자면, 영화 〈결혼 이야기〉에 이런 장면이 나온다. 이혼 재판 과정을 겪는 부부가 대화를 하다가 싸움으로 번진다. 서로에게 천둥같이 큰소리를 지른다. 그것은 마치 자기 고통을 드러내는 비명 같다. 마침내 비명이 잦아든 순간은, "난 매일 눈뜰 때마다 당신이 죽길 바라!"라고 외친 다음이다. 관객은 그 장면을 숨죽이며 지켜보게 된다. 진심이면서도 그 순간이 지나면 진심이 아닐 말, 언제나 진심이었다 해도 입 밖으로 내지 말았어야 할 말. 마음 깊이 욱여넣어 둔 말이 튀어나올 수밖에 없었던 그 순간, 말을 들은 상대방도 그 둘을 바라보는 관객도 그렇게 외친 사람의 마음을 온전히 이해하게 된다. 고개를 끄덕인다. 영화의 한 장면은 때로 그들이 살아온 이야기를 압축적으로 모두 들려주기에.

그러니까 내가 원하는 대화는 이 영화 같은 것인지도 모르겠다. 영화는 주인공들의 과거를 모두 담아내지는 않지만 우리는 현재 이들의 싸움에서 지금에 이르기까지의 과거 상황을 미루어 짐작할 수 있다. 영화가 대화라면, 관객은 그 이야기를 묵묵히 들어 주는 사람이 된다. '그 사람이 죽었으면 좋겠어'라는 모진 말을 할 때도 듣다 보면 알게 된다. 그 말이 어떤 마음에서 튀어나왔는지, 진짜 진심은 무엇인지.

나는 그런 안전감을 원한다. 내가 이런 생각까지 들었다고 토로할 때 어떤 상황 어떤 마음이기에 그렇게 생각하게 됐는지 이야기하도록 길을 트는 질문을 하고, 그 답을 천천히 기다려 주는 사람을 만나고 싶다. 그럴 때 느끼는 안전감이 그립다. 제대로 겪어 보지도 않았는데도 그렇다.

그런 사람을 본 적 있냐고? 드라마에 있다. 영화 속에 있다. 나는 그런 사람들이 하는 말을 받아 적어 두는 것이다. 실제로도 그런 사람을 만나 봤냐고? 물론 현실에도 있다. 다만 그렇지 않은 사람이 훨씬, 훨씬 많다. 그래서 사는 것이 쉽지 않다.

안전한 곳에 있고 싶지만 안전한 곳을 찾기 힘들기에 최대한 조심하며 살고 있다. 가까이 지내는 친구에게 마음을 꺼내 보다가 이내 돌려 넣는 식의 조심이다. 그가 내 얘길 끝까지 들어 줄지 들어 주지 않을지 모르겠다고 생각하면서. 친구는 나를 걱정하는 마음에 '툭 털고 일어나'라고 말하거나, 상황을 분석하고 진단하며 내가 어떤 감정에 너무 빠지지 않도록 도와주려고 할 수도 있지만 내가 원하는 것은 따로 있다. 지금 느끼고 있는 감정을 구체적으로, 그리고 숨김없이 끝까지 말하고 후련해지는 경험. 아직 현실의 관계에서는 제대로 겪어 보지 못했다. 그게 대화 상대의 탓만은 아니다. 막상 기회가 주어져도 끝까지 말해 본 적이 없으니까. 그런 상황에서 나는 항상 무언가 남겨 두고 미진한 기분으로 나왔다. 무언가를 남겨 둘 수밖에 없었던 이유는 있다. 듣는 이가 도리어 상처받을 것 같아서, 날 형편없는 사람으로 평가할 것 같아서, 더는 나를 믿어 주지 않을 것 같아서…….

그건 아마도 내가 나를 그렇게 보고 있기 때문일 거다. 그런 생각까지 하다니 '넌 참 형편없구나, 약하구나, 어리석구나'. 내 이런 마음까지도 솔직히 털어놓고 싶은데 말할 수 없다. 그런 말을 해도 될 만한 사람은 내가 절실한 시간과 공간에는 잘 없기 때문에.

남겨 둔 말, 되삼킨 말들은 노래가 된다. 모든 노래가 그렇게 남겨 둔 말로 만들어진 것은 아니지만, 남겨 둔 말은 언젠가 노래가 된다. 그렇기에 때로는 나만이 알아듣는 이야기를 넣은 노랫말이 탄생한다. 물론 그 노래는 듣는 이에게로 가서 그 사람의 이야기를 담을 것이다.

글을 쓰며 깨달았다. 내가 삶에서 진정으로 원하는 것은 안전하다는 기분, '안전감'이다. 그리하여 이렇게 노래를 만들고 부르며 살고 있다는 것도. 이어서 누군가 해 준 말이 떠오른다. "네 노래는 말없이 곁에 있어 주는 친구 같다"라고. 내가 정말로 원하는 것을 이룰 수 없는 대신 노래로 만들어서 그런가. 나 같은 사람이 또 있을까. 있다면 많을까. 나와 닮은 생각으로 안전감을 원하고 그만큼 조심스럽게 지내는 이들이 있다면, 내 노래가 안전한 친구가 돼 주었으면 좋겠다.

'괜찮아, 네 얘기 듣고 싶어. 나 시간 있어. 내 앞에선 어리석어도 돼.' 그런 목소리이기를.

한 곡이 탄생하기까지

스물한 살 때였다. 학교 동아리 선배가 자기가 만든 곡에 가사를 써 보라고 했다. 그게 내가 노래를 만든 첫 경험이었다. 학교 방송국 가요제에 함께 나가자는 제안이었고 선배가 후렴 가사를 이미 써 놓은 참이었다. 비어 있는 부분을 같이 노래할 동기와 나누어 썼다. 내가 A 파트, 친구가 B 파트를 쓰는 식으로. 제목은 '세상으로'. 이미 후렴 가사에 곡의 주제가 나와 있었기에 그것과 잘 이어지도록 알맞은 말을 생각해 내는 게 첫 단계였다. 떠올린 단어와 문장을 멜로디가 된 음의 숫자와 흐름에 맞도록 다듬어 가며 가사를 완성했다. 나의 첫 노래, 첫 번째 작사는 멜로디를 계속 흥얼거리며 무엇이 좋을까 궁리하는 시간이었다.

지금, '노래'라는 말을 의식적으로 쓰고 있다. 나는 그 단어를 '음악'과 구분해 사용한다. 음악이라는 큰 범주 안에 노래가 있고, 나는 음악 중에도 노래를 만드는 사람이라고 분명히 하고 싶기 때문이다. '음악을 만든다'고 하기엔 내 능력과 노력이 모자라지 않을까 하는 노파심 때문이기도 하고. 노래를 만든다는 건 가사와 멜로디 둘이 함께 있을 때면 성립된다고 생각하기에 주어진 멜로디에 가사를 쓸 때도, 먼저 쓰인 가사에 멜로디를 붙여 볼 때도 노래를 만든다고 표현한다. 하지만 가사만 썼다거나 멜로디만 썼다면 그것은 온전한 하나의 노래를 만든 것은 아니다.

2011년부터 틈틈이 노래 만들기 수업을 해 왔다. 내가 어떻게 노래를 만드는지 이야기하고 그곳에 모인 사람들과 같이 노래를 만들어 보는 수업이다. 수업은 대부분 내 노래를 들려주는 것으로 시작한다. 가능하다면, 아니 최대한 가능하게 만들어서 직접 부르는 노래를 들려준다. 기타 연주도 함께. 녹음된 음원을 들려주는 것보다 라이브를 하는 것이 효과가 좋다. 내 노래를 모르던 사람도, 이 수업에 시큰둥한 사람도, 그 자리에서 부르는 노래에는 귀 기울인다. 나는 그 상황이 즐겁다. 잠시라도 내가 그들을 매혹하는 것 같다. '이 노래로 수업의 매력을 올리고 강사로서의 신뢰도 높여야지.'

가능하다면 두 곡을 부른다. 그럴 때 첫 곡은 처음 듣는 사람도 좋아할 만한 곡으로, 두 번째는 노래 만들기에 좋은 예시가 될 곡으로 고른다. 두 곡은 일치할 때도 있지만 노래 만들기의 좋은 예시는 그때그때 달라지는데 수업 흐름에 따라 새로 짜기 때문이다. 수업하는 대상에 따라서도 달라지고 시기에 따라서도 달라진다. 그즈음 발표한 신곡이 처음 노래를 만드는 사람에게 좋은 예가 된다면 그 곡을 택한다. 자연스레 이전에 골라 뒀던 곡은 뺀다.

어떻게 노래를 만들어 왔는지를 나누는 것이 곧 노래 만드는 법을 알려 주는 일이라고 생각한다. 그 나눔에 좋은 예가 될 노래를 정할 때는 이런 생각부터 한다. 명확하게 설명할 만한 과정을 통해 나온 노래인가. '어느 날 갑자기 이 노래가 나타났습니다'가 아닌 '이런 상황일 때 이런 마음이었고 그것을 노래로 만들기 위해 이런 과정을 거쳤습니다'와 같이 구체적인 설명이 가능한 노래인지 살펴본다는 뜻이다. 그렇게 선정한 가장 최근의 좋은 예는 '다녀왔습니다', 4집의 타이틀 곡이다. 이 노래를 만들고 나서 4집에 담을 전체 주제를 생각해 낼 수 있었다.

어느 날 친구가 내가 나오는 꿈을 꾸었다며 연락해 왔다. 꿈속의 나는 지치고 힘들어 보였다고, 자기 집에 찾아왔기에 문을 열어 주었더니 방으로 들어가 누워 버리고는 통 나오지 않았다고, 시와 이모 깨우라며 방으로 아이들을 들여보냈지만 여전히 일어나지 못하더라고 했다. 친구는 내게 가까이 다가가 많이 아픈지 이마를 짚어 보고 뺨을 감싸 보았단다. 그사이에 본 내 얼굴에는 눈물 자국이 있는 것도 같았단다.

꿈을 꾸고 나니 별일 없나, 잘 지내나 묻고 싶어졌다고 했다. 그의 다정함이 나에게 왔다. 마음을 매만지며 친구와 문자로 대화를 나눈 후에도 그 꿈을 가만히 떠올려 보았다. 누군가 이마를 짚어 주고 뺨을 만져 보는 손길은 얼마나 따뜻한가. 꿈속의 나는 지치고 힘들어 보였다는데, 그럴 때 찾아갈 친구가 있었다니 다행이다. 말없이 문 열어 주고 누워 쉬도록 하는 친구라니. 그와 그의 집은 얼마나 다정하고 따뜻하고 안전한지.

문득 내가 있고 싶은 곳, 머물고 싶은 곳이 거기라는 생각이 들었다. 새로운 곳이 아니라 돌아간 곳. 한참을 헤매고 떠돌다 찾아낸 그곳은 낯설고 새로운 장소이기보다 내가 돌아오기를 오래 기다린 친숙한 장소일 것이라고.

생각이 거기에 이르니 그 이야기를 노래로 만들

고 싶어졌다. 꿈의 장면을 옮기는 방법으로 가사를 쓰기 시작했다. 지친 표정으로 찾아왔었다는 말은 그만큼 오랫동안 떠돌다 왔다는 이야기로 들렸다. 문을 열어 주자마자 들어가 누운 방에는 따뜻한 아랫목이 있을 것 같았다.

오랫동안 떠돌다 돌아와 누운 곳은 따뜻한 아랫목
문밖에서는 아이들 노는 소리 숟가락이 그릇에
부딪히는 소리
내 이마에 열이 나나요 눈물 자국이 보이나요
두 손으로 얼굴을 감싸 주니 마음이 놓여요

이만큼 쓰고 나니 노래를 만들 수 있겠다는 생각이 들어 기타를 들었다. 이런저런 소리를 내던 중에 DM^{7}의 소리가 듣기 좋았다. DM^{7}을 구성하는 음, '레, 파$^{\#}$, 라, 도$^{\#}$' 의 소리가 한 번에 같이 울리도록 연주하면서 다음 코드를 생각했다. '파$^{\#}$, 라, 도$^{\#}$'를 포함하는 F$^{\#}$m가 어울리겠어. 다음에는 Bm, 그다음에는 Em와 A^{7} 다시 DM^{7}으로.

이 글을 읽는 분들에게 음악 기호인 코드 이야기

가 낯설거나 어렵게 느껴질 수도 있을 것 같다. 그러나 이것은 마치 옷장 안의 옷을 하나씩 꺼내 입으며 서로 어울리는 상·하의와 외투를 찾는 일과도 같다. 머리로 그려 보면 어울릴 것 같아도 막상 입으면 상상과 다른 핏이어서 다른 것을 꺼내 짝을 짓고 새로운 착장을 시도하는 일 말이다. 만약 노래를 만드는 과정을 영상으로 옮긴다면 이럴 것이다. 기타를 안고서 알고 있는 코드를 모두 소리 내 본다. 이 소리 다음에 어울리는 소리는 무엇인지 계속해서 시도하고, 버리고, 다시 시도하는 식의 반복을 거쳐 다음 코드를 찾아간다. 그러는 동안 시간이 흐른다.

DM^7 - $F^{\#}m$ - Bm - Em - A - DM^7

코드의 흐름은 이만큼만 잡아두고 멜로디를 생각해 보았다. 다시 옷장의 옷을 바라보는 기분으로, 기타로 DM^7을 쳤다. 그리고 '오랫동안 떠돌다 돌아와 누운 곳'을 눈으로 읽는다. '음, 이제 음률이 떠오르는가? 아닌가?' 다시 DM^7을 소리 낸다. '하나의 음만 생각해 보자, 하나만 하면 돼, 혜미야.' 속으로 말한다. 그리고 "음-" 하고 소리 낸다. 음정을 실어서. 그 음에 '오랫동안'의 '오'를 넣고, 다음 음절도 같은 음으로 불러버린다.

오.랫.동.안.

그러고 나니 '떠돌다'까지 음률이 이어져 나왔다.

오 랫 동 안 떠 돌 다

'떠' 한 음절만 다른 음이고 '오, 랫, 동, 안, 돌, 다'는 모두 같은 음이다. 단순하다. 그래도 괜찮다. 듣기 나쁘지 않다. 물론 이건 전적으로 나의 주관적 판단이다. 오늘 입고 나갈 옷을 거울에 비춰 볼 때처럼. 어쨌거나 거울속의 나는 말한다. '괜찮군.'

'오랫동안 떠돌다'를 부르는 동안 코드 DM^7과 $F^\#m$를 썼다. 이제 Bm로 넘어갈 차례다. Bm의 소리를 들으며 다섯 개의 음으로 된 멜로디가 떠오르는데 써둔 가사의 '돌아와 누운 곳은'과 어울리지 않는다. 나는 멜로디와 음 길이가 가사의 글 흐름과 잘 맞아떨어지는 것을 선호한다. 문장은 계속 이어지는데 멜로디는 정리되는 느낌을 주고 싶지 않은 것이다.

다섯 개의 음이면 '돌아와 누운'까지만 노래할 수 있고 '곳은'에서는 다른 멜로디가 시작되어야 하지만 그건 싫다. 그렇다면 가사를 고쳐야 한다. '돌아와 누운'이 아닌 '돌아온 곳에'로.

오랫동안 떠돌다 돌아온 곳에 따뜻한 아랫목에 누웠더니
문밖엔 아이들 노는 소리 그릇에 달그락 숟가락 소리

대략 이런 과정을 거쳐 지금의 멜로디와 가사가 됐다. 멜로디를 짓고 반복해 불러 보니 '따뜻한'이란 단어의 느낌이 영 마뜩잖아서 '따뜻한'의 여린 말, '따듯한'으로 고쳐 썼다. 역시 주관적인 판단이지만 노래를 부를 때 발음하기 좋지 않았다. 쌍디귿을 연이어 소리 내는 건 이 멜로디에 어울리지 않는다.

내 이마에 열이 나나요 눈물자국 말라 있나요
두 손으로 얼굴을 감싸 주는 마음이 보여요

잠이 와요

이 부분까지, 옷장의 옷을 꺼내 입고 거울에 비춰 보고 어울리지 않으면 벗어서 넣고 새로 꺼내는 일을 반복하며 내 보기에 괜찮은 차림새를 찾아가듯 글과 음률을 엮어 냈다. 아주 좋은 흐름이었다. 마음에 들지만 한 가지 아쉬움이 있었다. 한 곡의 노래가 되기에는 가사가 짧은 듯하다. 지금까지 만든 만큼을 1절이라 생각하고 반복한다고 해도 좋을 것 같지 않았다. 친구의 꿈 이야기를 그대로 옮기는 것에 더해, 위의 두 줄과 아래 세 줄 사이에 무엇인가 더 만들어야 흡족해지리라.

꿈 이야기 사이에 무엇을 넣을까 고민했다. 내가 꿈속에서 친구에게 하고 싶은 말이 있었다면 무엇일까. '오랫동안 떠돌다 돌아온 곳'이라 생각했다면, 떠도는 동안 무엇이 그리웠을까. 그리운 마음이 들게 하는 것들을 떠올려 보고 그립다는 마음을 동작으로 표현하면 어떻게 될지 상상해 보면서 조금씩 나아갔다. 나에게 따듯함, 다정함을 느끼게 하는 것은 무엇일까?

며칠을 생각하며 쓰고 다듬는 동안 알게 됐다. 그

다정하고 따듯한 곳의 문을 열며 하고 싶었던 말.

"다녀왔습니다."

#

오랫동안 떠돌다 돌아온 곳에
따듯한 아랫목에 누웠더니
문밖엔 아이들 노는 소리
그릇에 달그락 숟가락 소리
미안해요 걱정했나요
아무것도 묻지 않고서
문을 열고 가만히 기다리는 마음이 보여요
그리웠죠

눈을 감고 가만히 돌아봅니다
시간이 얼마나 지났을까
그리던 소리가 들려온다
마루도 삐그덕 발걸음 소리
내 이마에 열이 나나요
눈물 자국 말라 있나요

두 손으로 얼굴을 감싸 주니 마음이 놓여요
잠이 와요

오랫동안 떠돌다 돌아왔어요
다녀왔습니다

- '다녀왔습니다'

제목을 정했다

등을 가만히 쓸어 줄게, 내 사랑
아무 말 하지 않을게
등을 기대고 있어도 돼, 내 사랑
무릎을 내어 줘도 괜찮을까

노래를 만들었다. 편곡을 하고 녹음을 하고 믹싱과 마스터링 작업을 마치니 발매일이 다가왔다. 그러나 제목, 이 노래의 이름을 정하지 못했다. 노래를 처음 만든 순간에 붙여 둔 이름은 '등을 가만히 쓸어 줄게'였다. 노래 가사를 그대로 가져다 제목으로 쓰는 방식. 그동안 많이 해 온 일이다. 하지만 이번엔 그렇게 하는 마음이 영 개운치 않았다. 제목만 들어도 노랫말의 거의 전부가 드러나는 것 같아서 아예 다른 말로 제목을 짓고 싶었다. 제목만으로도 '이 노래 듣고 싶다'는 생각을 불러일으키고 싶었다. 어떤 말로도 위로가 되지 않는 시간을 보낼 때, 이 노래의 제목을 발견하고 '이걸 들으면 내가 숨을 좀 쉴 수 있겠다'고 느끼길 바랐다. 욕심이 생긴 것이다. 지금까지는 노래에 내 마음을 표현했으니 그것으로 할 일을 다 했다고 여겼다면, 이번에는 이 노래가 어떻게 들릴지, 누가 들어야 하는지를 참견(?)하고 싶은 마음이랄까.

주변에 묻기 시작했다. “이 노래 제목으로 뭐가 좋을까?” 그리고 질문을 받았다. “어떻게 만들게 된 노래야?” 내가 던진 질문과 되받은 질문이 마치 한 쌍 같았다. 그렇게 문답을 주고받으며 얻게 된 제목은 듣고 싶은 말이 있어, 가만히, 등을 가만히, 위로의 방법, 고요한 위로, 내가 가도 될까, 기다려, 옆에 있을게, 등을 내어줄게, 아무 말 하지 않을게 등. 그중 처음에 가장 끌렸던 제목은 ‘고요한 위로’다. ‘위로’라는 직접적인 표현을 쓰고 싶진 않았지만 ‘고요한’이 더해지니 ‘위로’라는 말이 순해진 느낌이었다.

하지만 혹시 더 좋은 제목이 있을지도 모른다는 생각이 들었다. 역시 ‘위로’라는 단어 때문이었다. 노래로부터 받는 ‘위로’란 이 노래를 듣는 사람이 ‘위로가 됐다’고 해야 생겨나는 것이지, 내가 먼저 ‘이것은 위로예요’라고 할 수는 없었다. 위로. 이 말을 내세우지 않을 순 없을까. 더 많은 사람과 이야기를 해야 했다. 다양한 사람의 다양한 관점으로 이 노래를 바라보면 딱 맞는 제목을 찾을 수 있겠지.

잠깐 다른 이야기를 해 보겠다. '꿈' 이야기다. 우리가 자는 동안 꾸는 꿈. 나는 오래전부터 꿈의 신비를 풀고 싶었다. 꿈이란 무엇인지 이해하고 싶었다. 자주 찾아오는 악몽 혹은 가위 눌림이 대체 무슨 의미인지 알고 싶었다. 나와 같은 생각을 하는 사람들은 오래전부터 존재했다. 지그문트 프로이트, 구스타프 융, 제레미 테일러 그리고 고혜경……(제가 아는 분만 썼습니다). 이러한 사람들을 거쳐서 내게 당도한 메시지가 있다. 꿈은 누구나 매일 꾼다, 기억하지 않을 뿐이다. 의미 없는 꿈은 없다. 다시 말해 흔히 말하는 '개꿈'은 없다.

우연히 꿈 작업가 고혜경 교수의 강의를 접하고 책을 읽으며, 열심히 검색해 그분이 진행하는 그룹 꿈 투사 작업에 참여하게 됐다. 꿈 투사란 꿈의 의미를 이해하고자 하는 사람들이 모여 경험을 나누는 작업이다. 20명 남짓의 사람들과 매주 한 번씩 10주간 꿈 이야기를 나누는 워크숍을 진행한다. 꿈을 나누는 방법은 정해져 있다. 모일 때면 누군가 나서서 자신의 꿈 이야기를 한다. 다른 이들은 그 이야기를 들으며 마치 자신의 꿈인 듯 꿈속 장면을 그려 보고 상상한다. 그러다 잘 모르는 부분이 있으면 질문한다. '꿈속의 그 사람이 입고 있던 옷은 무슨 색이었나요?' 같은 질문이다. 보다 구체적으로 상상하고 싶을 때 할 수 있는 질문들이다. 꿈을 내놓은 사람은 때에 따라 '잘 기억나지 않아요'라던가 '노란색이었던 것 같아요'라는 대답을 한다. 다른 사람들이 보다 적극적으로 꿈을 상상하도록 돕는다. 질문이 줄어들면 이제 꿈 이야기를 들었던 이들이 자신의 이야기를 한다. '이 꿈이 내 꿈이라면요, 저는 이러이러한 기분이 들었어요.' 같은 말로 시작한다.

여기서 중요한 규칙은 '이 꿈이 내 꿈이라면'이라고 말하는 부분이다. 꿈을 나눠 준 이는 따로 있지만 들은 이들 모두 자신의 꿈이라 상상하며 느낀 것을 말한다. 그러니까 남의 꿈을 두고 이야기를 하지만 실은 다 자기 얘기를 한다. 이것이 바로 투사projection다. 내가 지금 투사하고 있다는 걸 모두가 아는 상황은 뭐라고 해야 할까, 참 건강하다. '네가 내 꿈을 두고 하는 이야기는 네 이야기로구나, 그런데 그 이야기를 들으니 나도 이게 떠올라, 어쩌면 그게 이 꿈의 의미일 수도 있겠어' 하고 생각이 전환되는 순간을 맞이한다. 살아온 시간만큼 각자의 경험이 있고 우리의 인식과 감정은 그 경험으로 다져진다. 한 사람의 꿈을 두고 '이게 내 꿈이라면, 나는 이렇게 느껴져'라고 하는 순간 우리는 우리가 겪어 온 것들을 내비치고(그것이 직접적인 것이 아니고 비유적일지라도) 그것들이 모여 하나의 꿈이 여러 이야기를 갖게 된다. 그 꿈을 실제로 꾼 사람은 하나의 꿈이 여러 버전으로 확장되는 느낌을 받을지도 모른다. 그리고 그중에 꿈꾼 이에게 꿈의 의미를 이해할 만한 실마리를 주는 이야기가 나타난다.

이러한 방법으로 꿈을 이해하려는 노력이 유효한 이유는, 꿈은 무의식의 내 이야기이기 때문이다. 내 꿈에 등장한 모든 요소는 내 안에 있는 것이 상징으로 표현된 것이라고 한다. 무의식이 은유적으로 표현한 언어를 의식으로 이해하려면 여러 각도에서 바라보는 것이 필요한데, 나 혼자 내 꿈을 이해해 보려 하는 건 무척 어렵다. 나의 의식은 내가 경험한 것만을 파악하고 있을 테니까. 그러니 다른 경험을 한 사람의 다른 시선이 필요하다. 그는 그가 경험한 세상의 입장에서 내 꿈을 볼 것이다. 또 다른 이도 그만의 시각으로 이 꿈을 볼 것이다. 그렇게 여러 버전의 이야기가 생겨나고, 그것 중의 하나가 내 꿈에 딱 맞아떨어지는 해석이 되는 것이 아니라 그것들이 합쳐져 비로소 내가 내 꿈을 이해하는 순간을 선물하게 된다. 이제 와 생각하면 내가 새 노래의 제목을 쉽게 정하지 못했던 건 마치 꿈 이야기처럼, 사실은 내가 이 노래의 의미를 잘 몰랐기 때문은 아닐까.

2021년 5월 18일에 그 의미를 몰랐던 것은 확실하다. 그날 유튜브 라이브를 했다. '노래 제목을 찾습니다'라는 주제로 라이브 스트리밍을 시작해 모인 사람들에게 노래를 들려주고 느낌이 어떤지, 뭐가 떠오르는지, 어떤 제목이 좋을지를 물었다. 노래는 세 번 불렀다. 처음엔 아무 정보 없이 노래만 먼저 들려주고 어떤 느낌이 드는지 질문했다. 두 번째는 가사를 읽게 하고 어떻게 만들게 된 노래인지 이야기하고 나서 불렀다. 그리고 다시 어떤 느낌인지를 물었다. 마지막으로 한 번 더 부르고, 다른 사람들은 이 노래에 대해 어떻게 느꼈는지를 다 알게 한 후에 다시 물어보았다. 모인 사람들은 노래를 들으며 떠오른 생각들을 자유롭게 채팅창에 남겨 주었고, 제목으로 어울릴 만한 것들도 이야기해 주었다.

한 시간 남짓의 실시간 스트리밍을 마친 후에 그 자리에 참여했던 친구가 메신저로 바로 말을 걸었다. “사람들이 노래를 개인적으로 받아들이더라. 신기했어.” 나는 무릎을 쳤다. ‘그래 이거지. 노래란 이런 거지. 내가 어떤 상황에서 이 노래를 썼든 노래는 듣는 사람에게로 가서 그의 노래가 되는 거지. 내가 만든 의미 그대로 잡아 두려고 할 필요도 없고, 잡으려고 한 의미보다 더 넓어지는 것, 그게 노래지.’

제목을 정하지 못한 새 노래를 들으면서 어떤 이는 강아지를 떠올리고, 어떤 이는 귀갓길을 생각했으며, 어떤 이는 먼저 발표한 나의 노래 ‘다녀왔습니다’의 대답 같은 노래라고도 했고, 어떤 이는 산고를 겪으며 몹시 고통스러웠을 때 말없이 등을 쓸어 주던 손길을 떠올렸다.

그날의 영상을 저장해 두고 며칠이 지난 후에 다시 보았다. 약간의 거리 두기가 필요하다고 생각했다. 복기하지 않고 시간을 보낸다고 해도, 그날 들은 이야기들과 추천받은 제목들이 내 안에서 뭔가 일으키지 않을까 내심 기대하면서.

이는 그룹 꿈 투사의 경험과 겹쳐 보인다. 스무 명이 둘러앉아 나누는 꿈 이야기는 사실 그날 바로 나에게 정답 같은 걸 주지 않는다. 꿈 작업을 마치고 집에 돌아가서 필요한 일들을 하다가 문득, 며칠 후 다른 일에 몰두해 있다가도 문득 '꿈속의 그 장면이 이런 뜻이었나?' 하고 갸웃하는 순간이 온다. 어떤 때는 '아하!' 하고 탄성을 뱉을 만큼 크게 고개를 끄덕이게 되는 의미가 찾아올 때도 있다.

노래 제목을 마침내 정하게 된 때도 비슷했다. 우선은 저장해 둔 그날의 영상을 보며 어떤 제목들이 나왔는지, 함께했던 이들은 어떤 느낌으로 들었는지 모두 받아 적었다. 그리고 그것을 가만히 읽어 보았다. 그러고 나니 노래에 담긴 태도가 보였다. 아니, 사람들이 이 노래를 어떤 태도가 담긴 노래로 들어 주었는지가 보였다. 이 노래에는 조심스러운 마음이 담겨 있었다. 힘든 시간을 보내는 이에게 다가가 가만히 함께하고 싶어 하는 마음이면서도, 위로하고 싶은 내 마음만 보여서 되레 상대를 존중하지 않는 일이 생길까 봐 매우 조심하는 마음이었다. 그래서 상대가 원하는 것을 물으며 위로의 방법을 찾아가는.

정리해 말해 보자면, 위의 표현들이 그대로 유튜브 라이브에 등장한 것은 아니다. 그날의 대화와 그것에 앞서 친구들에게 어떤 제목이 좋을까 의논하며 들었던 이야기들에 영향을 받아 이런 생각으로 정리되기에 이른 것이다.

그리하여 제목을 정했다.

'곁에 있어도 될까'.

처음의 내 바람처럼 누군가 제목만 보고도 '이 노래라면 내가 숨 좀 쉴 수 있겠다'는 생각이 들게 하려나. 알 수 없는 일이지만 지금껏 생각하지 못한 방식으로 노래의 이름이 나에게 왔다. 이 이름이 좋다.

노래가 나를 부르고
나는 노래를 부르고

노래는 어디에서 올까? 나도 그것이 궁금하다. 그동안 노래를 만들게 된 경로를 짚어 보면 알 수 있을까. 나 아닌 다른 데서 비롯된 노래들이 먼저 떠오른다. 마음에 잔상을 남긴 사건이 노래가 될 때가 있고('화양연화' '짐작할 뿐이죠'), 다른 이는 몰라도 나에게만 특별히 다가오는 순간 혹은 풍경이 노래가 되기도 한다('작은 씨' '랄랄라' '길상사에서' '하늘공원' '겨울 아침에' '잠 못 이루는 당신에게' 등, 이 계열의 노래가 많다). 지난해 참여한 웹툰 〈성경의 역사〉 OST 같은 외주 작업으로 특정 날짜까지 노래를 만들어야 한다는 숙제를 받아 들지 않는 이상, 작곡이 시작되는 일에 내가 통제할 수 있는 것은 없고 통제할 생각도 없다.

그래서 하는 말이지만, 아름다운 것을 본다고 해서 다 노래로 만들게 되는 것은 아니니 어떤 풍경을 함께하는 순간에 '시와, 이거 노래로 만들면 되겠다'라던가 '이거 노래로 나오는 거 아냐?' 등의 말은 하지 마시라. 그동안 웃으며 슬쩍 넘겨 왔지만, 지금 함께하는 풍경을 노래로 만들 수 있다는 장담은 할 수 없을뿐더러, 그 말은 마치 노래가 절대 나오지 않게 하는 주문 같기도 하다. 애석하게도 지금까지 그 말을 듣고 나온 노래는 없으니 말이다.

그렇다면 작곡의 영감을 얻기 위해 할 수 있는 일은 없는가. 글쎄, 꾸준히 하는 것은 있다. 책이나 어떤 글을 읽다가 마음에 드는 부분을 만나면 따로 적어 둔다. SNS를 보면서도 마찬가지다. 영화를 보다가도 대사를 받아 적는다. 영어라면 번역자막과 더불어 원래의 스크립트를 함께 써 둔다. 특별할 것 없는 하루를 보내다 문득 생각난 것을 적어 두고, 아침에 눈뜨자마자 기억나는 꿈이 있다면 적어 두기도 한다. 이런 것들은 사용하는 기기 어디서든 열어 볼 수 있도록 클라우드가 연결된 메모장에 저장한다. 앞으로의 작곡을 염두에 두고 이야기를 모아 두는 거냐고? 처음엔 이런 것들로도 노래를 만들 수 있겠다고 생각했지만 이제는 잘 모르겠다. 그것을 기대하면 기대하는 것에서 더 멀어질지도 모른다. '시와, 이거 노래로 만들면 되겠다' 라는 말을 들으면 노래가 나오지 않는 것처럼.

저장해 둔 메모 묶음에 이런 이름을 붙였다. 〈기억하고 싶은 것〉. 써서 모아 두긴 하지만 쓰고 닫은 글을 다시 열어 읽는 것은 아주 가끔이다. 아주, 가끔. '노래 한번 만들어 볼까' 하며 읽는 건 아니고 목적 없이 열어 본다. 저장해 둔 것이 기억나서 그것을 찾아 읽을 때도 있고, 연 김에 다른 글까지 보며 과거의 내가 이런 것도 저장해 뒀구나 싶은 것도 있다. 그것들을 모아 읽으면 알 수 있다. 내가 좋아하는 것, 기대하는 것, 원하는 것을. 그리고 그것을 수집한 시기의 나까지도.

노래가 어디에서 왔는지 짚어 보려는 생각으로 돌아오자. 나 아닌 다른 데서 온 노래 다음으로는, 내 안에서 길어 올린 노래가 떠오른다. '나를 찾으려 했던 건' '완벽한 사랑'……. 한데 '나를 찾으려 했던 건'을 착안하게 한 노래가 있었다는 사실이 이제야 떠오른다. 일본의 가수이자 배우인 나카시마 미카의 '내가 죽으려고 생각한 것은僕が死のうと思ったのは'. 이 노래로부터 메시지를 전달하는 방법이랄까, 가사를 쓰는 방식에 영향을 받았다. 그러고 보니 '완벽한 사랑'도 내 마음을 탐구해 만들긴 했으나 시작은 지나온 관계의 맞은편 사람(들)을 떠올린 것이었다.

돌아보니 내 노래가 모두 내 것이 아닌 것 같다. 온전히 나로부터 비롯된 노래가 있다는 것은 환상이었다. 나는 '전달하는 사람'이겠다. 세상의 좋고 싫은 것들을, 그 둘로 쉽게 나눌 수 없는 것들을 경험하며 나를 통과한 생각과 감정이 노래로 나온다. 노래는 내가 기대하지 않는 순간에 나에게 온다. 노래가 나를 부른다고도 할 수 있겠다.

그런데 다시, 노래는 그 말 자체로 '부르는' 것이다. calling. 그리하여 노래는 '불러내는' 것이기도 하다. 노래는 불러내고 싶은 것들의 통로이고, 나는 그 노래의 통로이다. '노래는 듣는 이의 것'이라는 말은 허상이 아니었다. 노래는 만든 이의 것에서 멈추지 않고 듣는 사람에게로 가서 완성된다는 말은 그저 멋진 수사가 아니었다. 시작부터도 내 것이 아니고 잠시 나를 통과해서 그곳으로 간다.

글을 쓰며 이것을 알게 되어 기쁘다. 노래가 그런 것이라는 게 기쁘다. 나는, 노래하며 산다.

책을 덮으며

책을 위한 글을 쓰기 시작한 2021년 6월. 편집자의 손길을 거친 글을 다시 받아 본 2022년 6월. '나는 노래하며 산다'였던 제목이 '나는 노래하는 시와로 산다'로 넘어온 시간.

21년 여름에 쓴 글을 읽을 때는 어쩐지 숨고 싶다가 22년 봄에 쓴 글에 이르러서야 이 작은 책 안에서도 스스로 변화하는 모습이 보였다. 쓰는 동안 글쓰기를 더 좋아하게 됐다. 말하는 것보다 노래하는 것을 좋아한다고 단언했던 때가 보여 부끄럽지만, 한편으로는 안심도 된다. 부끄러운 마음이 드는 지금은 그때로부터 조금은 걸어 나왔다는 뜻일 테니까. 다 쓴 원고를 모아 읽으니 노래로 다 못한 복잡하고 모순된 마음이 드러나 있다는 점도 보인다. 함께 있을 것 같지 않은 것들이 함께 있는 광경이랄까.

아. 갑자기 '부채'가 떠오른다. 접었다 폈다 하며 사용하는, 쫙 펼치면 그림이 보이는 부채. '음악가'라는 말이 부채가 접힌 단면이라면, 책 속의 내 글은 그 부채를 펼쳐 놓은 것 같다. 접힌 주름을 펼치니 보이는 그림. 주름 사이사이의 이야기. 재미있게

도 '시와'라는 말은 일본어로는 '주름しわ'이다. 주름을 펼친 이야기. 주름을 품고 단면을 보이는 노래, 주름을 펼쳐 보이는 글.

내가 노래에 바랐던 것처럼 이제 이 책에도 바람을 걸어 본다면, 어떤 이들에게 마침내 편안한 마음으로 이끄는 실마리가 되면 좋겠다. 안전한 느낌, 그것을 느끼게 하는 사람. 내가 그토록 바라며 기다리던 사람이 먼저 되어 보고자 하는 마음으로.

다시 글을 쓸 수 있도록 이끌어 준 가지출판사, 책이 될 글이라고 믿게 해 준 이수빈 편집자님, 감사해요. 매번 저를 안심시켜 주셨답니다. 덕분에 부채를 펼친 글을 계속 쓰며 여기까지 왔어요. 고맙습니다.

마지막으로, 여기까지 읽어 준 여러분께 꼭 드리고 싶은 말이 있어요.

"귀 기울여 주셔서 감사합니다."

노래하는 시와 드림

나는 노래하는 시와로 산다

초판 1쇄 발행 2022년 10월 1일

지은이　시와
펴낸이　박희선
책임편집　이수빈
디자인　디자인 잔

발행처　도서출판 가지
등록번호　제25100-2013-000094호
주소　서울 서대문구 거북골로 154, 103-1001
전화　070-8959-1513
팩스　070-4332-1513
이메일　kindsbook@naver.com
블로그　blog.naver.com/kindsbook
페이스북　facebook.com/kindsbook
인스타그램　instagram.com/kindsbook

ISBN　979-11-86440-92-6 (03810)

세계를 읽다 일본 라이나 옹 지음, 정해영 옮김 | 15,000원

내 안의 자연인을 깨우는 법 황경택 지음 | 13,500원

세계를 읽다 베트남 벤 엔겔바흐 지음, 김아림 옮김 | 15,000원

비관주의자를 위한 낙관주의 수업

델핀 뤼쟁뷜, 오렐리 페넬 지음, 박태신 옮김 | 14,900원

마산·진해·창원(여행자를 위한 도시인문학) 김대홍 지음 | 16,000원

타이니하우스 엘리자베스 노디노 외 지음, 권순만 옮김 | 19,800원

자연 그대로의, 식물 컬러링 황경택 지음 | 14,900원

세계를 읽다 타이완 우 링리, 크리스 베이츠 지음, 정해영 옮김 | 16,000원

강릉(여행자를 위한 도시인문학) 정호희 지음 | 16,000원

두 번째 스무 살 에이미 노빌 & 트리샤 애쉬워스 지음, 정해영 옮김 | 15,800원

마음은 파도친다 유현미 지음 | 15,800원

여행 없는 여행 마고캐런 지음 | 14,800원

인천(여행자를 위한 도시인문학) 정진오 지음 | 16,000원

반부패의 세계사 김정수 지음 | 17,500원

동물과 함께하는 삶 아이샤 아크타르 지음, 김아림 옮김 | 18,800원

나는 요가하면서 산다 김세아 지음 | 13,000원

나는 식물 키우며 산다 정수진 지음 | 13,000원

공주·부여(여행자를 위한 도시인문학) 신정일 지음 | 16,000원

보따니스트(모험하는 식물학자들) 마르 장송 외 지음, 박태신 옮김 | 18,000원

자연의 시간 황경택 지음 | 18,000원

동네에서 만난 새 이치니치 잇슈 지음, 전선영 옮김 | 18,000원

광주(여행자를 위한 도시인문학) 김준 지음 | 16,000원

전주·완주(여행자를 위한 도시인문학) 신정일 지음 | 16,000원

나는 노래하는 시와로 산다 시와 지음 | 13,000원